KB246182

수학이야기로 수다수다 數多 數多

수학이야기로 수다수다 數多 數多

초판 1쇄 인쇄_ 2013년 6월 20일 | **초판 1쇄 발행_** 2012년 6월 25일
지은이_동풀수(윤상호, 오동훈, 오다운, 엄보경, 정영호, 서민기)
그린이_박유진, 이오윤, 박정윤
엮은이_뮨권신
펴낸이_진성옥 · 오광수 | **펴낸곳_**꿈과희망
디자인 · 편집_김창숙, 박희진 | **마케팅_**김진용
주소_서울특별시 용산구 갈월동 101-49 고려에이트리움 713호
전화_02)2681-2832 | **팩스_**02)943-0935 | **출판등록_**제1-3077호
http://www.dreamnhope.com| e-mail_ jinsungok@empal.com
ISBN_978-89-94648-42-2   43810
※ 책 값은 뒤표지에 있습니다.
ⓒPrinted in Korea. | ※ 잘못된 책은 바꾸어 드립니다.

대구광역시 교육청 책쓰기 프로젝트
책쓰기와 사랑에 빠지다

가장 싫어하는 과목의 하나인 수학의 대변신!

수학 이야기로

수다多 數 수다多 數多

동풀수(윤상호, 오동훈, 오다운, 엄보경, 정영호, 서민기) 지음

꿈과 희망

머리말

    뜨거운 여름이 지나고 가을 단풍이 피는 것 같더니 이제는 제법 쌀쌀한 바람이 올해도 그 끝이 다가왔음을 생각나게 합니다. 그래도 아쉽지만 않은 것이 작지만 아름다운 결과물이 있기 때문이라 생각합니다.

    동아리 활동을 하기 위해 처음 동아리 활동계획을 작성하던 날이 기억납니다. 수학은 언제나 딱딱하고 재미없는 과목이라고 생각을 하는 아이들에게 수학이 우리 바로 옆에 숨쉬고 있음을 느끼게 해주고 아이들의 상상력과 수학의 원리를 자연스럽에 연결해 보는 경험을 제공해 주고 싶었습니다. 멋모르고 수학체험반이라 알고 온 아이들에게 동화로 풀어보는 수학이야기반임을 언급했을 때 생소한 표정으로 저만 바라보던 아이들의 모습이 지금도 생생히 기억에 납니다. 잠깐 관심을 보이다 어느 순간 졸고 있는 아이들을 보며 과연 책 한 권이 나올 수는 있을까? 지도교사인 저 역시 경험도 아무런 노하우도 없이 지금이라도 그만둬야 하지는 않을까? 수많은 갈등을 했습니다.

 그러나 기존에 출판된 수학동화책을 읽게 하여 거리를 좁히고 영화 관람을 통해 상상력의 세계를 보여주고, 수학의 기본원리들에 대해 설명하여 그 상상력과 수학의 원리를 자연스럽게 연관시키며 수업을 진행하는 과정에서 조금씩 아이들이 수학 동화에 대해 익숙해지고 수학책을 찾고, 수학 이야기를 만들어 가는 모습이 보였습니다. 동풀수의 "수학이야기로 수다수다"는 그렇게 세상에 나왔습니다. 이 책은 우리 아이들의 수학이야기입니다. 그들의 이야기가 또 다른 세상을 위해 한걸음 나아갈 수 있는 거름이고 참고할 수 있는 지표가 되기를 바라며 이 책이 나오기까지 신경써주신 모든 분들에게 감사를 표합니다.

동화로 풀어보는 수학책쓰기 동아리
지도교사 윤원진

목차 · 수학이야기로 수다수다 數多數多

머리말   04

09
New Beginning
글 윤상호, 오동훈 / 그림 박유진

39
여주를 구하라
글 오다운 / 그림 이오윤

61
댄스 경연 대회
글 엄보경 / 그림 박유진

81
블랙마왕과의 전투
글 정영호, 서민기, 정호재 / 그림 박정윤

후기   102

New Beginning

글 윤상호, 오동훈 / 그림 박유진

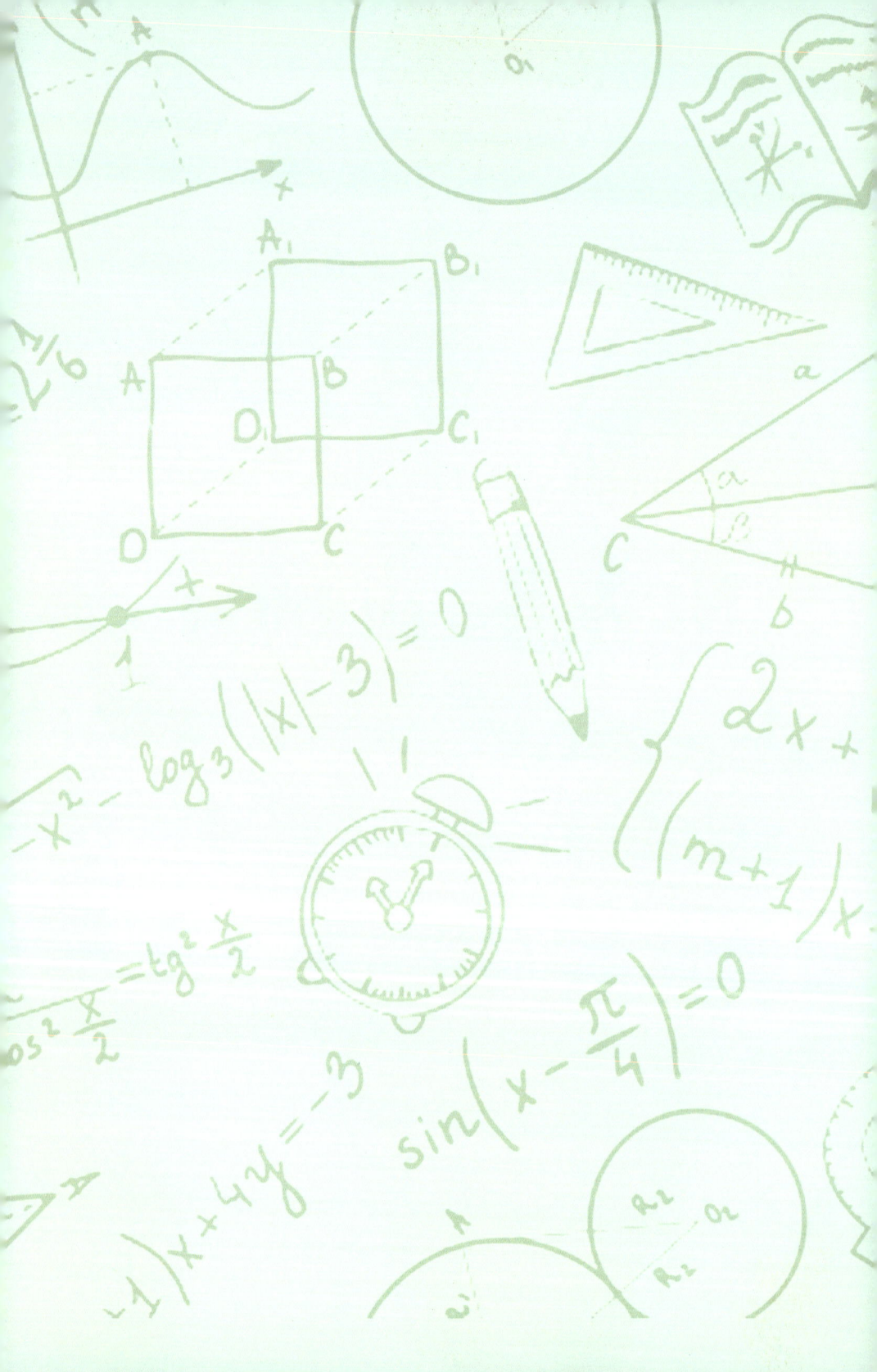

(서막)

어두컴컴한 지하실 한쪽 벽. 희미한 촛불 아래 낡고 오래된 고서를 펼치고 무언가를 적어 내려가는 한 사내가 있었다.

"됐어. 이제 조금만 더하면 진실을 밝혀 낼 수 있을 것 같아. 조금만 더하면!"

'샤샤샥 쿵!'

"당신은 누구지?"

"넌 알아서는 안 될 것을 알려고 했어. 나를 원망하지는 말아라. 죽어랏!"

"으아아아아아아아아아악."

어두컴컴한 지하실 아래로 누군가의 그림자가 보였고, 이내 한 사내는 정체 모를 침입자에게 살해 당하고 말았다.

(본문)

동훈은 오늘도 늦잠을 자버렸다. 평소 게으른 편은 아니었지만, 어제까지 시험기간이어서 며칠 밤을 늦게까지 공부한 탓에 알람 소리를 듣지 못했다.

"동훈아, 오늘도 아침을 먹지 못하고 학교 가는 거니?"

동훈이 걱정이 된 동훈의 엄마는 도시락을 챙겨 주면서 동훈을 배웅 했다.

"어머니, 걱정하지 마세요. 내일부터는 일찍 일어나 아침을 꼭 먹고 갈께요. 학교 다녀 오겠습니다."

"그래, 조심히 다녀 오거라. 엄만 오늘 야근을 해야 할 것 같구나. 혹시 늦어지면 먼저 자렴."

"네, 어머니."

동훈은 서둘러 대답을 하고 집을 나섰다. 햇살이 따뜻하게 동훈에게 내리쬐어 동훈은 기분이 좋아졌다. 학교가 집에서 그리 멀지 않아 다행히 지각은 면할 수 있을 것 같았다. 학교 앞 횡단보도. 학교의 인근 공장에서 근무를 하는 기약 분수들이 피로에 지쳐 웃음을 잃은 표정으로 다급하게 출근을 하는 모습이 보였다.

"빵! 빵!"

시끄러운 경적 소리와 함께 고급 자동차 한 대가 횡단보도 신호가 채 끊기기도 전인데 보행자에게 빨리 지나가라고 재촉을 했

다.

　'아, 자연수들은 저렇게 편하게 다니면서도 양보란 없군. 그에 비해 기약분수들은 니무 불쌍해. 나도 마찬가지인 걸'

　걸어서 학교를 다니는 동훈은 왠지 자신이 초라해 지는 것 같았다.

　하교 후 저녁을 챙겨 먹고 방에서 학교 숙제를 하던 동훈은 어머니가 집에 들어오시는 소리에 기뻐하며 거실로 나갔다.

"어머니, 오늘은 많이 늦으셨네요?"

"요즘 월말이라 물품 수요량이 좀 많단다. 기약분수들은 며칠째 집에도 못 들어가고 물품을 만들고 있지. 물품 검수 때문에 엄마도 일찍 퇴근할 수가 없구나."

"네……."

"그래 동훈아, 집에서 공부는 좀 했니?"

"오늘 학교에서 계급 사회에 대해서 배웠는데요. 선생님께서 계급 사회를 그려오라고 하셔서서 그림을 그리고 있었어요."

왕족: 자연수

귀족 : 일부 자연수, 0

평민 : 음의 정수

노예 : 기약분수

"어머니, 그런데 왜 자연수들은 대우받고, 기약분수들은 천대받아야 하는 걸까요? 왜 자연수들은 기약분수들에게 고통을 주는 걸까요? 나만 봐도 그래요. 내가 암만 공부를 열심히 해도 고작 공장관리인 밖에 될 수가 없는 걸요. 엄마도 그렇잖아요. 저희는 왜 자연수들의 핍박을 받고 살아야 하는 거죠?"

"동훈아. 그건 왜냐하면 자연수들은 모든 수를 만들어 낼 수 있는 근원이기 때문이란다. 즉 만물을 창조하신 거지. 그러니 우리들은 그분들을 따라야 한단다."

동훈은 도저히 이해가 되지 않았다.

"우리가 자연수로 만들어진다구요?"

"그래. 자연수는 모든 것을 창조했단다."

"하지만 저는 그 말을 수긍할 수 없어요."

"얘야, 음의 정수는 자연수들의 사칙연산으로 만들어진단다. 또한 분수도 마찬가지로 나누기, 곱하기 등의 사칙연산으로 만들어지지."

"예를 들자면……"

음의정수의 예) $1 - 3 = -2$

0의 예) $2 - 2 = 0$

기약분수의 예) $1 \div 3 = \dfrac{1}{3}$, $1 \div 3 - 1 = -\dfrac{2}{3}$

"이해되니?"

"그렇군요. 그러나 어머니 나는 내가 공부를 암만 열심히 해도 공장관리인 밖에 될 수 없다는 사실을 믿을 수가 없어요. 그건 제게 꿈을 갖지 말라는 말과 같아요. 전 정말 계급사회를 바꾸고 싶어요. 엄마 지금의 계급사회가 만물이 자연수로 이루어져서 형성된 것이라고 하셨지요? 그렇다면 자연수로 만들 수 없는 수를 찾아내면 되지 않을까요? 우리가 아직 알지는 못할 뿐, 자연수로 만들 수 없는 수도 있지 않을까요?"

어머니는 잠시 심각하게 고민을 하시더니 말씀하셨다.

"동훈아, 너에게 말할 게 있단다. 사실 10년 전에 돌아가신 너의 아버지도 그 수를 연구하시다가 돌아가셨단다. 그때 엄마가 말렸어야 하는 건데…… 이 엄마는 사랑하는 아들까지 잃고 싶지는 않구나."

16

"어머니 그게 정말인가요? 아버지가 살해당하신 건가요?"

"이 엄마도 잘 알지는 못하여 네게 해줄 이야기는 없구나. 다만 네 아빠가 살아 계실 때 이 엄마에게 계급 사회에 대해 여러 번 언급하셨지. 그리고 얼마 후 이 엄마가 너를 임신하였을 때쯤 원인을 알 수 없는 이유로 네 아빠가 돌아가셨단다."

"그렇군요. 어머니, 그렇다면 전 오히려 더더욱 찾고 싶어요. 누가 아버지를 돌아가시게 만들었는지 알아야겠어요."

"동훈아. 이 어미의 부탁이다. 제발 알려고 하지 말아다오."

근심 가득한 어머니의 표정에 더 이상 고집을 부릴 수 없었던 동훈은 마지 못해 말했다.

"알았어요. 어머니 뜻대로 할께요. 그럼 전 방에 들어가 하던 공부를 조금 더 하고 잘게요. 어머니 먼저 주무세요."

동훈이 책상에 앉아 공부를 한 지 30분이 지났을 때쯤, 풀리지 않는 수학 문제를 가지고 생각에 잠겨 있었다.

"음, 아무리 생각해 봐도 답이 안 나오네. 바람 좀 쐬고 와야겠다."

거실로 나온 동훈은 머리가 아파 시원한 물 한 잔을 마시려고 주방으로 갔다.

"끼이익~"

‘이상하다. 여기 마룻바닥 부분에 이 틈새는 뭘까?’

항상 지나다니던 부분이었지만 오늘 따라 눈에 거슬리던 거실의 한쪽 바닥을 유심히 쳐다 보다 동훈은 이상한 점을 발견했다. 바닥의 한 쪽 부분만 아주 닳아 있는 것이었다.

‘이건 뭐지? 앗! 나무가 움직이잖아?’

마룻바닥이 들리면서 계단이 나왔다. 동훈은 호기심에 그곳

아래로 들어서게 되었다. 계단 아래에는 어둡고 습한 지하실이 있었다.

'아~도저히 어두워서 안 되겠다. 전등을 가지고 와야겠어.'

전등으로 비추어 본 지하실 안쪽은 고서들로 가득했다.

'여기가 무얼 하던 곳일까?'

한쪽 켠에 책상이 있는 걸 보아 동훈은 '아버지가 연구를 하던 곳이 아닐까?' 란 생각을 했다.

"우와 책 진짜 많다. 이 책은 뭐지?"

그중 아주 낡은 책 한 권을 발견하여 책을 펼쳐 보자, 그 중간에 종이 한 장이 있었다.

'피타고라스의 정리? 처음 들어보는데 학교에서 배운 적도 없고……. 음, 직각삼각형에서 성립하는 정리인가?

다른 직각삼각형에서도 성립하는지 한번 해볼까?'

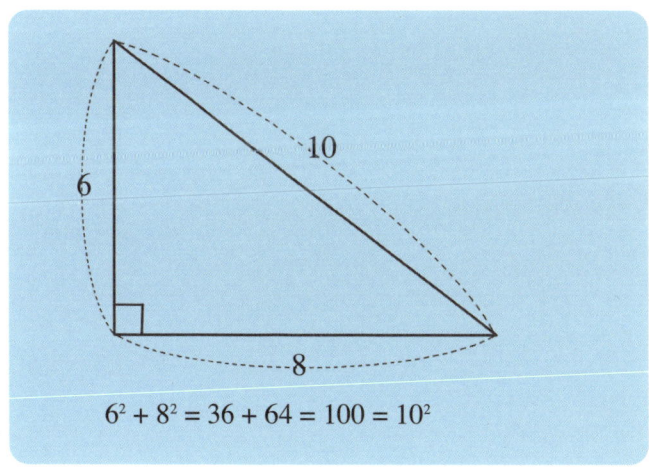

$$6^2 + 8^2 = 36 + 64 = 100 = 10^2$$

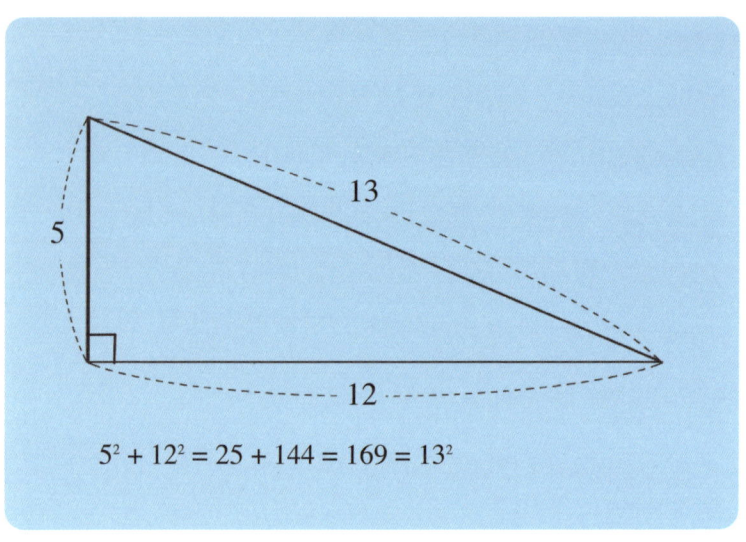

$$5^2 + 12^2 = 25 + 144 = 169 = 13^2$$

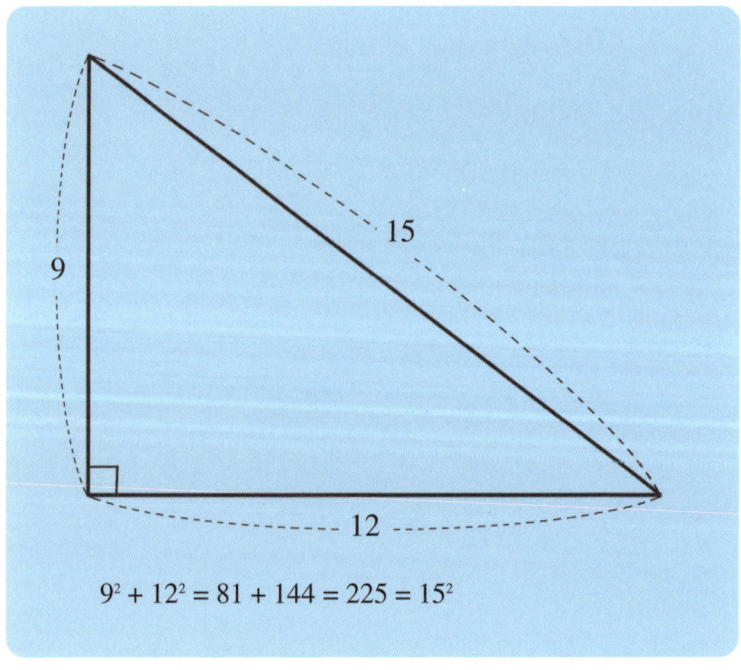

$$9^2 + 12^2 = 81 + 144 = 225 = 15^2$$

'우와 신기하다. 직각삼각형에서 변의 길이가 이런 관계가 있었군. 그럼 직각삼각형에서 피타고라스 정리가 성립한다는 거네. 그런데 왜 우리는 학교에서 이런 건 배우지 않는 걸까? 앗! 그런데 저기 물음표는 뭐지? 이것도 한번 구해 볼까? 1 더하기 1은 2 음, 제곱해서 2가 되는 숫자가 없는데? 뭐지? 아이, 왜 찢어져 있는 거야. 이걸 연구하면 자연수가 만들 수 없는 수를 찾는데 도움이 될 수도 있지 않을까? 흠, 막상 해보려니까 어렵네. 에이, 왜 공부한 건 하나도 안 나오냐. 으아아, 머리 아파 오늘은 안 되겠다. 일단 자고 내일 생각해 보자.'

"동훈아, 일어나야지."

엄마의 부름에 눈을 비비며 일어난 동훈은 오늘은 아침을 먹고 학교에 갈 수 있었다.

"딩동댕~"

"오늘은 기약분수의 사칙연산을 공부해 볼 거예요."

오늘 수학 수업은 사칙연산에 대해 공부하는 것이었다. 엄마의 설명으로 이미 사칙연산을 알고 있었던 동훈은 수업 내용에 흥미를 잃고 멍하니 어젯밤에 보았던 내용에 대해 회상하며 생각에 잠겨 있었다.

"동훈아!"

선생님의 부름에 정신을 차린 동훈이 대답했다.

"네, 선생님. 부르셨어요?"

"수업에 집중하지 않고 무슨 생각을 그렇게 하고 있니? 평상시 수업태도가 바른 동훈이가 오늘은 왜 그럴까?"

"선생님, 질문이 있어요."

"말해 보아라."

잠시 고민을 하던 동훈은 말을 꺼냈다.

"선생님 피타고라스 정리가 무엇인가요?"

얼굴에 당황스러움을 숨기지 못한 채 눈치를 보는 듯이 주변을 살핀 후 선생님께서 말했다.

"넌 피타고라스 정리를 어디서 들었니? 그런 정리는 세상에 없단다. 앞으로 다시는 내게 그런 쓸데 없는 질문은 하지 말거라."

신분이 0이신 선생님의 너무 무서운 표정 때문에 동훈은 더 이상 얘기를 꺼내지 못했다.

오후 수업도 끝이 나고 집에 돌아가는 길이었다.

동훈은 집 앞 골목 아래에서 꼬마 자연수들이 어린 기약분수를 못살게 구는 것을 목격하였다. 평소에도 저런 장면을 자주 목격하였지만 어린 기약분수의 얼굴을 때리고 돈을 빼앗는 모습을 보고 도저히 그냥 지나칠 수 없어 가까이 가서 꼬마 자연수들에게서 어린 기약분수를 떼어내고 아이를 보내 주었다.

"이 자식이 네가 감히 우릴 쳐? 넌 이제 죽었어. 어이, 경비병! 애 잡아가."

뒤쪽에서 여태 모른 척하던 경비병들이 다가와 말하며 동훈을 끌고 갔다.

"예, 알겠습니다."

"에잇. 이거 놔, 놓으라고!"

그렇게 동훈은 0들에게 잡혀 갔다.

동훈은 끌려가서 0들에게 엉덩이 100대를 맞고 겨우 풀려났다. 이 소식을 듣고 찾아 오신 동훈의 엄마는 눈물을 흘리시며 동훈을 부축하여 집으로 데리고 왔다. 약을 먹고 한잠이 들었다가 겨우 기운을 차린 동훈을 보며 엄마가 말했다.

"동훈아. 계급사회가 그리도 마음에 안 드니? 지하실 서재에 가면 네 아버지가 연구 중이던 자료가 있을 수도 있어. 네게 도움이 되었으면 좋겠다."

"엄마. 실은 이미 발견했어요. 그런데 너무 어렵더라구요. 제가 해결하기에는 역부족인 것 같아요."

"네 아빠는 정말 훌륭하신 분이셨단다. 비록 공장 관리인이셨지만 머리가 비상하셨지. 너는 네 아버지의 피를 물려 받았으므로 분명 해결하리라 엄마는 믿어."

"네, 엄마. 제가 한 번 더 도전해 볼게요."

다음날, 몸이 아파 학교에 가지 못한 동훈은 연구에만 전념할 수 있었다.

'과연 뭘까? 그래 제곱해서 2가 되는 수는 없어. 하지만 엄연히 두 변의 길이가 1인 직각 삼각형은 존재하잖아? 그렇다면 실제로도 그런 수가 있단 말일 거야. 내가 그 수를 찾아내면 되는 거야.'

곰곰이 생각에 잠겨 있다 동훈은 얼마 전 시장에서 상인들이 나누던 이야기가 떠올랐다.

'그때 상인들이 지도에 없는 땅을 서해 바다 저편에서 보았다고 했었지. 그래. 분명히 그랬어. 거기엔 무엇이 있을까? 왜 지도에 나타나지 않는 걸까? 그곳에 혹시 내가 찾던 수가 살지 않을까? 만약 자연수들이 이를 은폐하기 위해 지도에도 그려 놓지 않은 것이라면? 그래, 그럴 수도 있을 것 같아.'

며칠을 생각에 잠겨 있던 동훈은 제곱하여 2가 되는 수를 찾기 위해 여행을 떠나기로 결심했다. 걱정하는 어머니에게 잘 다녀오겠다는 말을 하고 동훈은 배를 타기 위해 항구로 갔다.

동훈은 배에 탔다.

"이제 이 배를 타고 여행을 해야겠어."

날씨가 별로 좋지 않았다. 새침하게 흐린 것이 곧 비가 올 것만 같았다. 동훈을 말리던 엄마가 떠올랐지만 이미 떠나기로 결심을 한 동훈은 배에 몸을 실었다.

동훈이가 탄 배가 출발했다. 1시간 정도 운행을 했을 때쯤 날이 더욱 어두워지더니 비바람이 몰아치기 시작했다.

"어 갑자기 하늘이 왜 이렇게 어두워지지. 설마 폭우가 내리지는 않겠지?"

동훈의 걱정대로 갑자기 폭풍우가 불면서 배가 흔들리기 시작했다.

"우어어어, 배가 뒤집힐 것 같아 어떡하지?"

배가 뒤집히면서 동훈은 바다에 빠졌다.

"아, 어떡하지? 이대로 죽는 건가 안 돼…… 안…돼….."

동훈은 정신이 혼미해졌다.

"저기요, 괜찮아요? 정신 차려 봐요."

어디선가 목소리가 들려왔다.

"으으응. 여기가 어디지?"

동훈이가 정신을 차려보니 눈앞에 기약분수들이 있었다.

"이제 정신이 드시는가 보군요. 얘들아, 먹을 것을 좀 가져다

드려라."

"예!"

"아, 저를 구해 주신 건가요? 정말 감사합니다. 근데 누구시죠?"

"아, 저는 상호입니다. 저는 못된 자연수들이나 0들의 횡포로부터 기약분수들을 보호하고 있죠."

"저를 구해 주셔서 감사합니다."

"아닙니다. 수들은 더불어 살아가는 거지요. 위험에 처해 있는데… 그냥 지나칠 수 있나요. 몸은 괜찮습니까? 폭풍우가 지나가는데 혼자 바다를 횡단하다니요. 위험한 행동입니다."

"폭우가 내릴 줄 몰랐습니다."

"그래도 다행입니다. 우리가 마침 자연수들의 횡포에 어려움을 겪고 있는 기약분수들을 도우러 서해를 횡단하고 있었거든요. 아니면 당신을 구할 수 없었을 겁니다."

'기약분수들 중에서도 이렇게 착하고 좋은 사람이 있는데 왜 천대를 받아야 하는지 정말 모르겠어.'

동훈은 자신을 구해 준 상호가 참으로 고맙고, 그리고 멋진 사람이라 여겨졌다.

'이런 사람들이 큰일을 할 수 있는 세상이 되어야 할 텐데……'

동훈은 더욱더 계급사회를 무너뜨려야겠단 생각이 들었다.

"저기…… 그럼 저를 좀 도와주시겠습니까?"

서해 바다 건너 자연수가 만들 수 없는 수를 찾아가는 길을 혹시 함께 가줄 수 있을까 싶은 마음에 동훈은 도움을 요청하였다.

"네? 어떤 도움이 필요하죠?"

상호가 물었다.

"저는 자연수가 만들 수 없는 수를 연구하고 찾기 위해 이 여행을 떠났습니다. 그 수만 찾는다면 현재의 계급사회를 무너뜨릴 수 있습니다. 그러니 저를 좀 도와주십시오."

동훈의 말에 상호는 반신반의한 표정으로 말을 꺼냈다.

"정말 그런 수가 있소? 계급사회에 불만을 가지고 우리 기약분수들의 고통을 저버릴 수 없어 이렇게 의적 생활을 하고 있지만 계급사회를 무너뜨릴 생각은 하지 못했었는데…… 과연 방법이 있을까요? 서해 바다 끝편은 세상의 끝이라는 소문에 한 번도 가보지는 못했지만 정말 그런 수가 있다면 나도 두 눈으로 보고 싶군요. 저희가 도움이 될진 모르겠지만 좋습니다. 도와 드리죠. 얘들아, 함께해도 되겠느냐?"

"예!"

의적의 무리들이 밝은 표정으로 대답을 했다.

"정말 감사합니다."

그렇게 동훈은 의적들을 만나 함께 자연수들로부터의 자유를 찾으러 떠났다.

"벌써 사흘이 지났군요. 그런데도 아직 바다밖에 보이지 않는 걸 보면."

동훈이 지친 목소리로 말했다.

"휴⋯⋯. 아직 포기하긴 이르오. 서해바다가 넓어서 조금 더 가야 할 것이오. 조금만 더 힘을 내어 봅시다."

"예, 알겠습니다."

그렇게 동훈과 의적들이 다시 바다 여행을 한 지 몇 시간 후 바다 저편에 푸른색의 나무들이 보였다.

"땅이다. 정말로 땅이 있었어."

의적들이 기뻐했다.

"아직 기뻐하긴 이릅니다. 저기 정말로 우리가 찾던 그 수가 있었으면 좋으련만."

동훈은 그 수가 꼭 있기를 바라며 말했다.

"일단 여기를 좀 둘러 볼게요."

동훈의 말에 상호도 나서며 말했다.

"저도 같이 가 드리겠소."

둘은 섬을 둘러보다 이상한 집 하나를 발견했다.

"아~ 저기 누군가 살고 있나 봐요? 여기도 집이 있네요. 여기도 수들이 살고 있는 것 같습니다."

"그런 것 같소만. 집이 매우 이상한 모양이군."

상호가 신기해 하며 말했다.

"그렇네요. 저기에 그 수가 있었으면 좋겠습니다."

"똑똑!"

"누구 없습니까? 아무도 없는 것 같은데⋯⋯."

동훈의 말이 끝날 때쯤 끼이익 소리와 함께 문이 열리면서 처음 보는 숫자가 나왔다.

"어, 당신들은 누구죠?"

정체불명의 숫자가 깜짝 놀라며 말했다.

"예? 저희는 자연수의 나라에서 왔습니다."

밝은 표정을 지으며 동훈이 말했다.

"자연수의 나라요? 어이구 먼 곳에서 오셨군요."

"저기, 근데 당신은 누구신가요? 여기도 나라인가요?"

동훈은 그리도 찾아 헤매던 수가 바로 눈앞에 있는 이 수가 아닐까 하는 기대에 흥분을 감추지 못하며 물었다.

"여기를 모르시나요? 여기는 무리수의 나라입니다."

"무리수의 나라요? 그런 나라도 있습니까? 지도에 표시되지 않은 나라인데……."

"아마도 자연수들이 당신들께서 알아차리지 못하게 하려고 일부러 지운 것 같습니다."

"그럼 당신이 바로……?"

동훈이 다급하게 말을 꺼내자 무리수라는 자가 말을 이었다.

"저희 무리수들은 자연수로는 만들어질 수 없는 수이지요. 나는 루트2라고 합니다. 제곱해서 2가 되는 수이지요."

"당신이 바로 그 수군요. 제곱해서 2가 되는 수! 자연수로는 만들 수 없는 수! 저희가 그토록 찾던 수! 아!"

반가운 마음을 감추지 못하고 환호성을 지르며 동훈이 말했다.

"먼 곳까지 오느라 지쳤을 텐데…… 일단 안으로 들어오시지요."

루트2의 안내를 받으며 안으로 들어간 동훈과 상호는 그동안의 여정과 자연수들의 횡포에 대해 이야기를 하였다.

"당신이 우리를 좀 도와 줄 수 있을까요? 지금 자연수의 나라는 지옥입니다. 하루라도 자연수들의 횡포가 끊이질 않죠. 그래서 제가 자연수가 만들 수 없는 수가 있을 거라 생각하고 연구를 하다가 서해바다 먼 곳에 지도에도 없는 땅이 있다는 소리를 듣고 혹시나 그 수가 존재할 것 같아 이렇게 바다를 건너오게 되었답니다."

애절한 표정으로 동훈이 말을 꺼내자 루트2가 심각하게 고민을 하다가 말했다.

"제가 도움이 될진 모르겠지만 같이 가 드리겠습니다."

"정말 감사합니다. 정말 감사합니다."

상호와 동훈은 너무 기뻐하며 말했다.

"아닙니다. 이 정도 가지고 뭘 그러십니까?"

"그럼, 같이 가 주십시오."

그렇게 동훈과 루트2, 그리고 상호와 의적들은 자연수의 나라로 다시 오게 되었다. 자연수의 나라에 도착하자 상호가 말했다.

"내 역할은 여기까지인 것 같소. 서해바다 옆 기약분수들이 지금 현재 고통을 받고 있소. 당장 내가 가서 도와주어야 할 것 같소. 당신이 꼭 평등 사회를 만들어 주시오."

상호의 말에 비장한 표정을 지으며 동훈이 말했다.

"나를 도와주어 고맙습니다. 꼭 계급사회를 무너뜨리고 모두가 행복할 수 있는 평등사회를 만들겠습니다."

동훈은 그렇게 상호를 포함한 기약분수들과 헤어지고 루트2와 함께 자신이 살고 있는 집으로 온다. 한밤 중이어서 다행히 아무도 그들을 보지 못했다.

아버지의 지하실 서재에서 조용히 이야기를 나누며 동훈은 앞으로의 계획을 얘기했다. 그들은 언론을 통해 무리수의 존재를 알리기로 결정하였다.

아직 어둑어둑한 한밤 중 달빛을 받으며 집을 나서 신문사를 찾아간 동훈은 평소 친분이 있었던 신문 기자에게 연락을 취했다. 다행히 그는 야근으로 아직 퇴근을 못하고 있었다.

"마이너스3 기자님! 오랜만에 봬요. 그동안 잘 지내셨죠? 저는 무리수의 존재를 알려서 계급사회를 없애고 우리 모두를 평화롭게 하고 싶습니다."

"그래? 동훈이가 큰 생각을 하는구나! 하지만 그건 위험한 생각이란다. 우리 모두 힘들어지고 잘못될 수도 있단다. 그런데 동훈아, 무리수가 뭐니?"

"네, 알아요. 하지만 모두 평화롭게 살 수 있는 방법은 이것밖에 없다는 것도 알아요. 마이너스3 기자님, 무리수는 자연수로 만들 수 없는 존재예요. 이 사실을 알리기만 한다면 자연수가 우리를 지배하는 정당성이 없어져 자연수의 지배로부터 벗어날 수 있을 겁니다. 그래서 저는 무리수 나라에서 루트2님을 모시고 왔어요. 이분의 존재를 알린다면 가능할 거예요"

"그렇다면 자연수가 만물의 근원이 아니란 말이군. 이건 특종인 걸……. 그렇지만 출판사 사장인 자연수의 눈을 피해서 출판할 수 있을는지……."

"방법이 아주 없는 건 아니에요. 사람들 눈을 피해 아침 일찍 특보로 출판하면 될 거예요."

"그래, 그건 그렇고 루트2님은 어디에 계시니?"

"위험해서 따로 모셔두었어요. 마이너스3 기자님, 루트2님을 인터뷰해주세요. 제가 모셔 올게요."

"그래, 한번 해보자."

동훈과 신문기자는 루트2와 인터뷰를 하고 사진을 찍어 다음 날 아침 특보로 무리수의 존재를 알렸다. 신문의 내용은 피타고

〈무리수의 나라 / 루트라〉

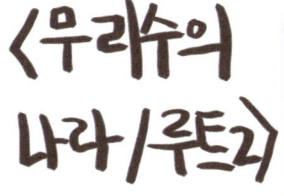

$$3^2 + 4^2 = 25 = 5^2$$

〈피타고라스의 정리〉

직각삼각형에서 빗변의 길이에 제곱은 나머지 두변의 길이의 제곱과 같다.

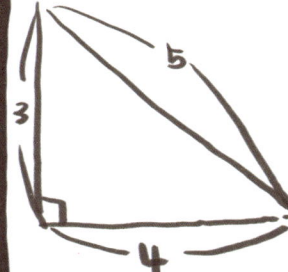

$$1^2 + 1^2 = 2 = (\sqrt{2})^2$$

$\sqrt{2}$는 제곱해서 2가 되는 수: 무리수이며 자연수로 만들 수 없는 수이다.

라스 정리를 이용하여 백성들이 알지 못했던 무리수의 존재를 설명하는 것이며, 지도상에 표현되지 않은 무리수 나라와 루트2의 인터뷰였다.

신문 특보를 통해 모든 사실들이 알려지자 0들과 음의정수, 그리고 기약분수들은 자연수들에게 불만을 폭로하기 시작하였다.

"계급사회를 무너뜨리자!"

"자연수의 횡포에서 벗어나자!"

"자연수는 만물을 만들 수 있는 수가 아니다."

그렇게 0들과 음의 정수, 그리고 기약분수들은 봉기를 일으켰고 자연수들은 급기야 사과를 하고 공화정 사회의 시작을 공포했다.

"루트2님, 정말 고맙습니다. 루트2님 같은 무리수가 있었기에 우리 모두가 평화로워질 수 있었습니다."

그렇게 동훈이는 루트2와 작별을 하고 어머니를 찾아 뵈었다.

"어머니, 드디어 제가 해냈어요!"

"네가 결국은 성공했구나! 이제는 네 아버지도 만족하실 거야."

동훈이는 깊은 생각에 빠진다.

동훈이와 어머니는 며칠 후 아버지 산소를 찾아뵙는다.

"제가 아버지가 이루지 못했던 꿈을 이루었어요. 아버지 이제는 편히 잠드세요"

그렇게 동훈이는 뜨거운 눈물을 흘렸다.

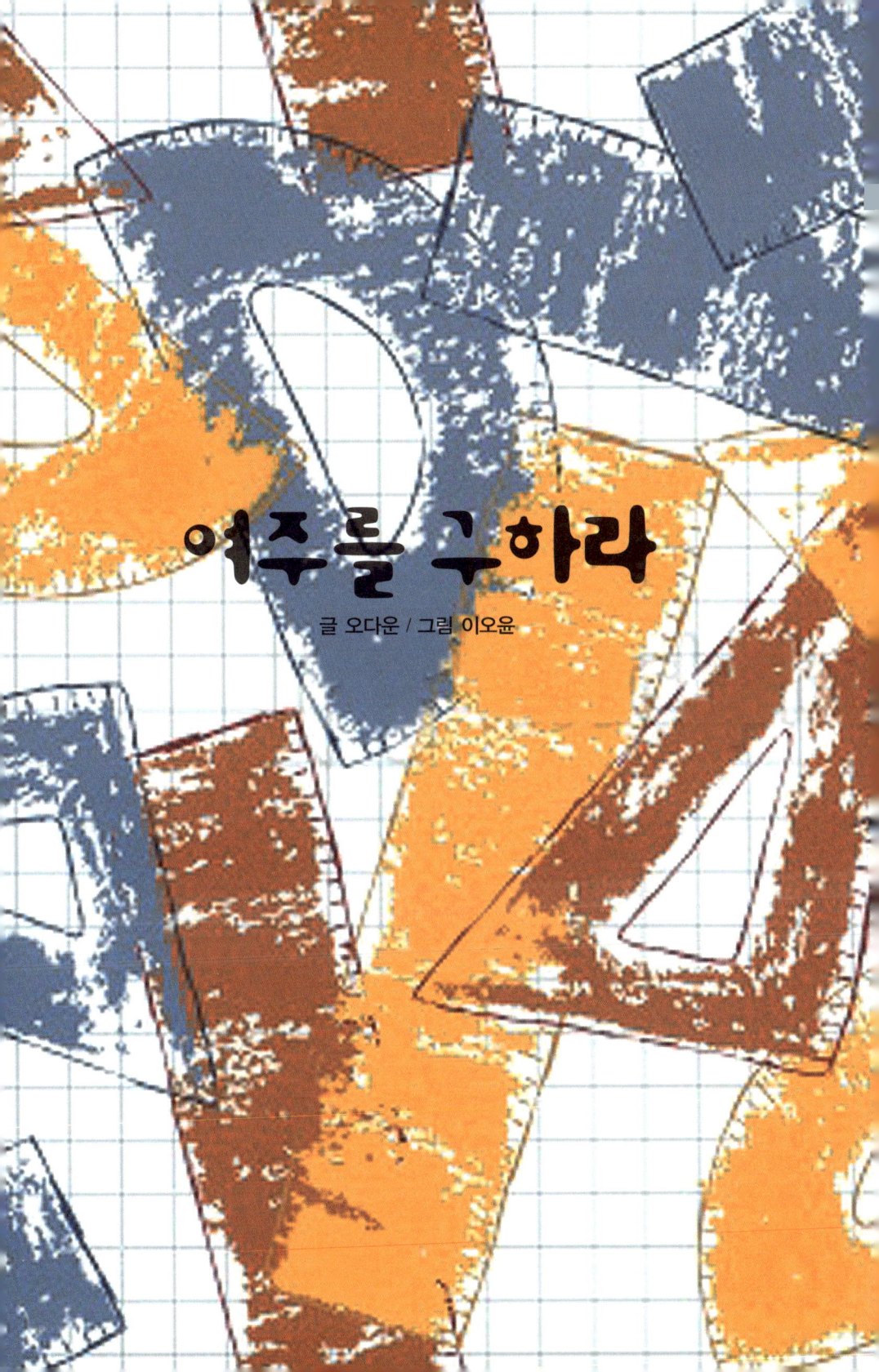

여주를 구하라

글 오다운 / 그림 이오윤

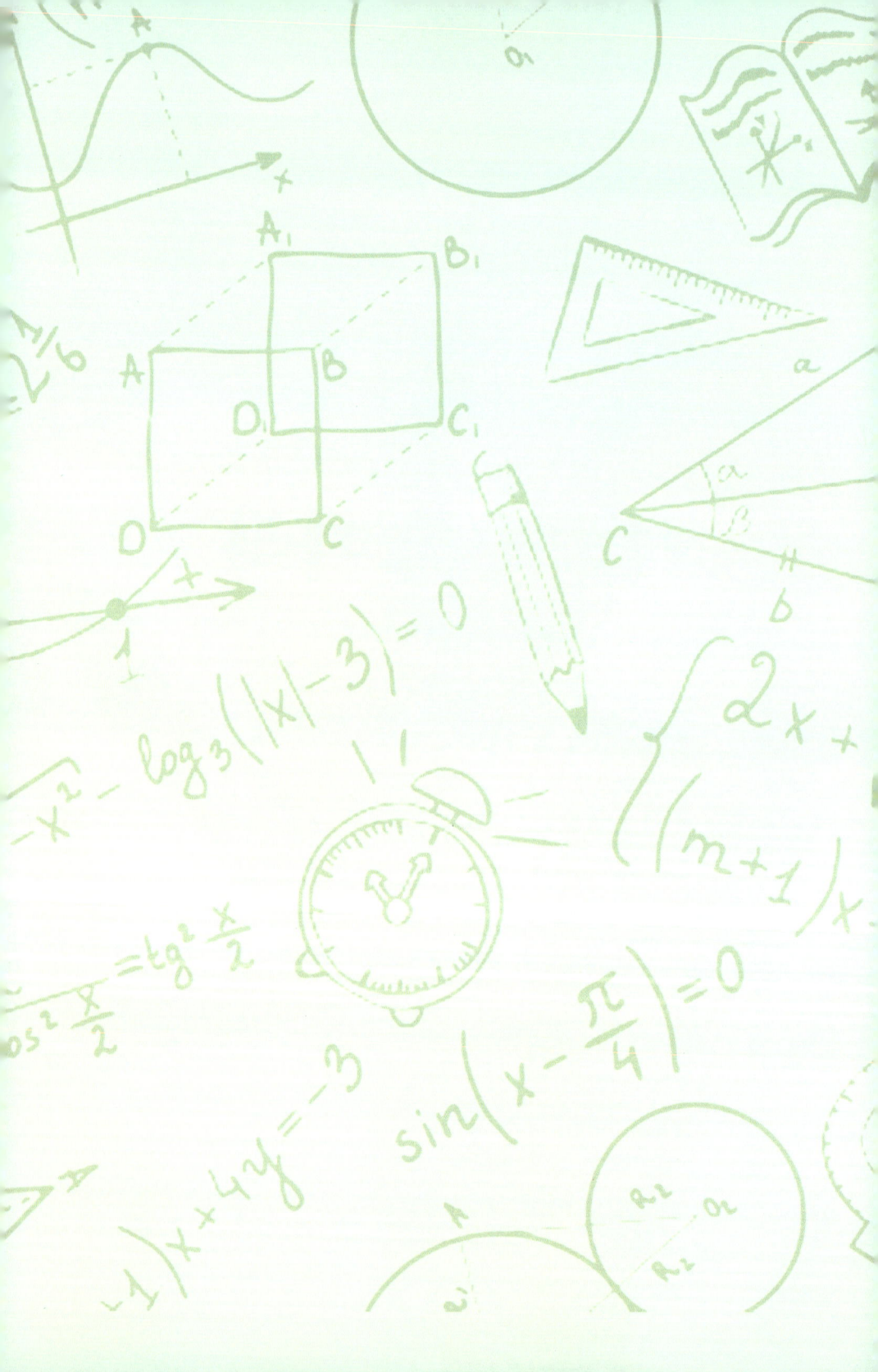

평화롭고 조용한 토요일 아침.

주말 아침에 정적을 깨는 여주의 알람소리가 들려왔다.

난 곧 '여주가 일어나서 *끄겠지*' 라고 생각하며 잠을 더 자려고 했으나 5분이 지나도 꺼지지 않는 알람에 짜증이 나서 여주의 방으로 향했다.

방문을 열자 창문이 열려 있었고, 침대에는 여주 대신 편지 하나가 놓여있었다.

난 우선 시끄러운 알람부터 끄고 편지가 놓여 있는 침대로 향했다.

편지에는 이렇게 쓰여 있었다.

난 여주의 장난인 줄 알고 엄마에게 이르러 갔다.

하지만 엄마의 반응은 나와 달리 매우 심각했다.

엄마가 이런 장난스런 편지를 보고 왜 이리도 심각한지 궁금했지만 난 물어보지 못했다.

엄마의 그런 무서운 얼굴은 처음 보았기 때문이다.

조금의 정적이 있고 난 뒤 엄마는 나에게 살짝 씁쓸한 미소를

요원S에게.....

S!! 네가 우리를 배신하다니!!
용서못해!!!
니 딸을 데려가겠어!! 크하하하하하!!

-엄청 수상하고 쎈 조직이...

지어 보이며 날 내 방으로 들여보냈다.

방으로 들어와서 가만히 있을 내가 아니었다.

나는 방문을 조금 열어 엄마의 행동을 지켜 보다 우연히 엄마가 심각한 목소리로 누군가와 통화를 하고 있는 것을 듣게 되었다.

난 통화 내용을 더 자세히 듣기 위해 귀를 기울였다.

주변의 잡음 때문에 정신을 집중해야 겨우 조금은 들을 수 있었다.

엄마는 진지한 목소리로 비밀요원이라든가 배신이라는 말을 주제로 어떤 누군가와 계속 싸우는 듯했다.

그 내용을 듣자 엄마에 대한 궁금증이 생겨버렸다.

'비밀요원이라니 무슨 말이지? 그리고 아까 편지에 요원 S는 뭐지? 설마… 엄마가??'

궁금증이 증폭된 나는 더욱 자세히 듣기 위해 문 쪽으로 더 밀착했다.

하지만 너무 과도하게 밀착했는지 그만 난 앞으로 넘어지며 문을 열고 나와 버렸다.

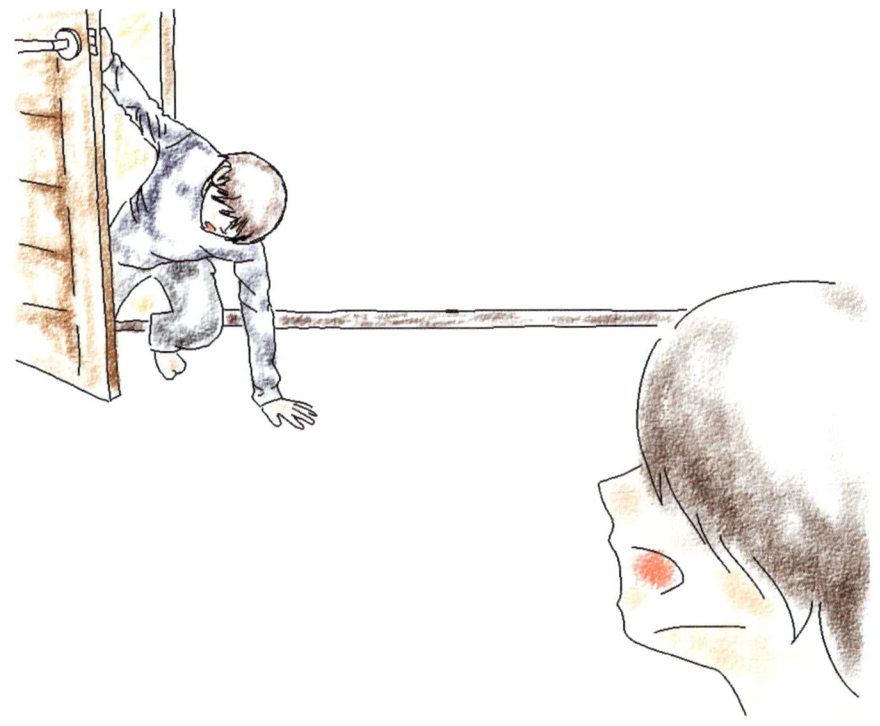

"쿵!!" 하는 둔탁한 소리에 엄마는 놀라시며 다급히 전화를 끄시는 듯하였다.

"어머! 남주야, 괜찮니?"

엄마가 놀란 표정으로 내게 물으셨다.

"으응…."

난 아픈 팔꿈치를 감싸며 일어나 대답했다.

"저기… 남주야."

"저…."

엄마와 난 동시에 말했고 그 덕분에 서로 눈치를 봐야 했다.

하지만 그 잠깐의 정적을 깨고 내가 엄마에게 물었다.

"저… 엄마 사실 내가 엄마 통화 내용을 들었는데… 비밀요원이라니… 그리고 배신은 또 뭐고 편지에 쓰여 있는 요원 S는 누구인 거야?"

엄마는 당황한 듯 보였지만 이내 체념하신 듯이 내게 말씀하셨다.

"저기… 남주야. 지금 넌 엄마의 말이 이해할 수 없고 장난으로 들리겠지만… 엄마는 사실 비밀요원이었단다."

엄마의 표정으로 보아 그 말이 사실임을 알 수 있었지만… 난 믿을 수가 없었다.

"엄마, 무슨 소리야? 좀 이해를 하게 설명해 줘."

엄마는 잠시 생각하시는 듯하다 곧 입을 여셨다.

"음… 그러니까 남주야. 엄마는 너를 가지기 전엔 엄청 수상하고 센 조직에 있었고 거기서 비밀요원으로 활동했단다."

난 이런 장난 같은 이야기가 믿기지 않았지만 납치된 여주 때문에 더 들어보기로 하였다.

"엄마의 부모님은 두 분 다 비밀요원이었단다. 그렇기 때문에 엄마는 부모님에 의해 철저하게 비밀요원으로 키워졌지."

믿기지 않았다. 지금 시골에서 농사를 지으시며 모두에게 친절을 베푸시는 우리 외할머니, 외할아버지가 비밀요원이라니…….

"그렇게 엄마는 강도 높은 훈련을 받으며 성장해 왔단다. 그 결과 엄마는 최고의 요원이 되었고 성인이 되자 엄청 수상하고 센 조직에 스카우트 되었지. 엄마는 계속 요원 활동을 하다가 우연히 너의 친아빠를 만났단다. 그래서 남주 너를 가지게 되었고 그 이유로 엄마는 조직을 나오려고 했는데 조직이 놔주질 않아서 너의 친아빠랑 도망을 가게 되었지."

난 엄마의 말에 놀라지 않을 수가 없었다.

"친아빠? 친아빠라뇨… 그럼 지금 계신 아빠는…?"

엄마의 얼굴에는 슬픔이 가득 묻어 나왔다.

"지금 계신 아빠는 새아빠란다."

충격이 컸다. 여태껏 나에게 친구같이 대해 주고 잘해 줬던 사람이 친아빠가 아니었다니.

"그럼 친아빠는 어디 있죠?? 그리고 새 아빠라면 혹시 여주가….”

엄마가 목이 멘 목소리로 대답했다.

"그래… 여주는 너의 친동생이 아냐. 그리고 너희 친아빠는 조직으로 인해 돌아가셨단다.”

머리가 아파왔다. 대충 정리하자면 그 조직은 엄마가 도망갔다는 이유로 나의 친아빠를 돌아가시게 하고 여주마저도 납치해 갔다.

난 친아빠를 돌아가시게 한 그 조직이 여주마저도 빼앗아갈 것 같아서 두려움에 떨었다.

"엄마, 그럼 여주도 위험한 거잖아요.”

엄마는 그런 날 달래주시며 말씀하셨다.

"괜찮아, 남주야. 엄마가 데리고 올게. 너는 평소처럼 다음 주에 보는 시험공부를 하렴.”

조금 진정이 된 난 알았다고 대답하며 그날 하루 종일 수학문제를 공부하다가 일찍 잠이 들었다. 그래서 늦은 밤에 엄마가 집을 나서는 것조차 알지 못했다.

다음날…

아침에 눈을 뜬 나는 나와서 엄마를 찾았지만 엄마는 집에 안 계셨다.

평소에 엄마는 아침 운동을 잘 가셔서 아무렇지 않게 홀로 밥을 차려먹고 다시 공부하기 시작했다.

공부를 시작한 지 한참이 지났을 때 현관문이 거칠게 열리고 무엇인가 쓰러지는 소리가 났다.

엄마가 돌아온 것이었다. 난 어서 엄마를 배웅하러 방 안에서 뛰어나갔다. 엄마는 현관에 앉아 있었고 가까이 가서 엄마의 상태를 본 나는 그대로 굳어버렸다.

엄마는 어디서 다쳤는지 상처 투성이에 기운이 없어보였다.
"엄마!! 이게 어떻게 된 일이야?!"
깜짝 놀란 나는 엄마에게 물었고, 엄마는 숨을 몰아쉬고는 겨우 대답했다.
"여주가 있는 곳을 알게 되서 그곳에 갔었는데 여주는 구하지 못하고 엄마만 간신히 도망쳐왔어."
엄마는 매우 지쳐보였고 그렇기 때문에 조금 쉬고 나서야 대화가 가능해 보였다.

1시간 뒤…
엄마는 조금씩 안정을 되찾아갔고 간단히 나와 대화를 할 수 있게 되었다.
"엄마, 무슨 일이 있었던 거예요?"
엄마는 숨을 한번 크게 고르시더니 그곳에서 있었던 일을 말해주셨다.
"어제 저녁 여주가 63빌딩에 있다고 엄청 수상하고 센 조직에서 전화가 왔단다. 그래서 엄마는 바로 63빌딩으로 잠입은 참 쉬웠단다. 경비원이 없었기 때문이지. 난 조용히 숨어들어서 순조롭게 올라갔단다. 그때까지만 했어도 그게 유인작전인지 몰랐단다. 하지만 62층! 그곳에 수많은 조직원들이 기다리고 있었지. 엄마는 그곳에서 쫓기다가 63층에서 여주를 만났는데 쫓기고 있었기에 둘이 같이 나올 수가 없었단다."

"엄마, 여주가 63빌딩에 있다고요?"

엄마는 잠시 고민하다가 내게 말했다.

"그래. 여주는 지금 그들의 본거지인 63빌딩의 옥상에 잡혀 있단다. 그 당시 로프가 있었다면 여주를 구해 함께 올 수 있었을 텐데……."

"그럼 제가 지금 가서 여주를 구해 올게요."

"하지만 그곳은 네가 그렇게 만만하게 볼 만한 곳이 아니야."

엄마는 단호하게 대답하셨다.

"만만하게 보지 않아요!! 지금은 여주를 구하는 게 먼저잖아요"

"남주야, 네 마음은 잘 알겠는데… 네가 계획도 없이 이렇게 혼자 가서 될 게 아니야."

잠시 동안의 정적이 흐른 후, 남주가 슬며시 말을 꺼냈다.

"엄마, 이렇게 하면 될 것 같아요. 대신 엄마가 좀 도와주세요."

난 이렇게 엄마를 설득하는데 성공했고 엄마와 작전을 짜기 시작했다.

작전명: 여주구하기

1. 63빌딩 안으로 들어간다.(밖에 보초들의 눈을 피해)
2. 엘리베이터는 감시카메라가 있기 때문에 계단을 사용 한다.
3. 옥상엔 여주가 혼자 있고, 그 아래층에 조직원들이 몰려있다. 그러므로 옥상 올라가기 전 62층을 조심해서 올라가야 된다.
4. 여주를 구하고 밧줄을 이용해서 내려온다.
5. 여주를 데리고 63빌딩에서 좀 떨어진 곳에 위치한 엄마 차에 탑승
6. 몰래 집으로 돌아온다.

작전 -끝-

하지만 밧줄이 문제가 되었다.

"엄마 그곳에 로프를 묶을 만한 것이 있나요?"

엄마는 잠시 생각에 잠긴 듯하였다.

"아, 그래 로프를 묶을 만한 데가 있었어."

"그러면 로프를 그곳에 묶어서 내려오면 될 것 같은데, 문제는 빌딩의 높이를 구해야겠네요."

"흠… 그렇구나! 그런데 왜 빌딩의 높이를 구해야 하지?"

"만약 로프의 길이가 빌딩의 높이보다 짧으면 우리가 탈출을 못하게 되고, 빌딩의 높이보다 길면 땅에 닿은 로프 때문에 우리가 적들에게 발각될 수 있으니까요."

"그러면 빌딩의 높이를 구하는 게 관건이네."

우리 모자는 작전 중 큰 난관에 부딪혔다.

"흠… 뭘까? 이것도 수학일 거야 잘 생각해 보자."

난 수많은 수학공식들을 떠올렸다. 그러다가 낮에 공부한 닮음비가 떠올랐다.

"아!! 엄마, 알 것 같아요. 이것은 닮음비를 이용하면 구할 수 있어요. 한 도형을 일정한 비율로 확대하거나 축소하여 다른 도형과 합동이 될 때, 이 두 도형을 닮음도형이라고 해요. 두 닮은 도형에서 대응하는 선분의 길이의 비가 닮음비가 되거든요. 이 비를 이용하면 63빌딩의 높이를 구할 수가 있어요. 63빌딩에 가서 막대기를 수직으로 꽂고 막대기의 그림자 길이를 재고 63빌딩의 그림자의 길이를 재면 햇빛이 일정한 각도로 내리 쬐기 때문에 AA닮음 도형이 되어서 닮은비가 성립해요. 그러면 빌딩의 높이를 구할 수 있어요."

엄마는 이해가 잘 안 되시는 듯 고개를 갸웃거리셨다.

"어렵구나."

"엄마, 그러면 제가 그림으로 설명해 드릴게요.

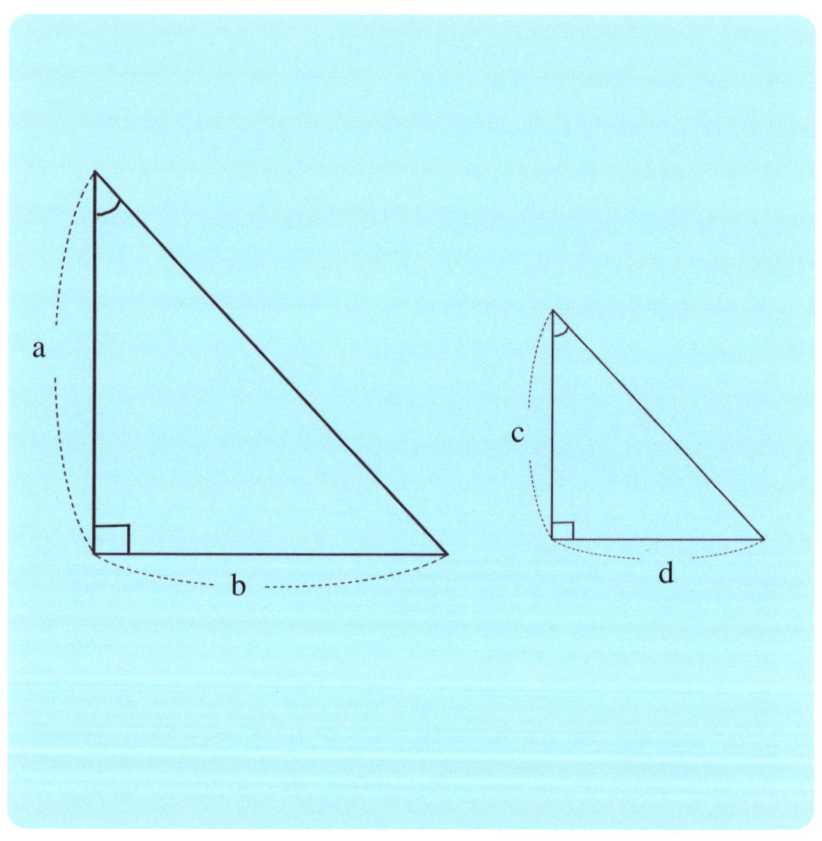

"여기서 햇빛을 선분으로 나타내면 두 삼각형이 만들어지는데 두 삼각형은 직각삼각형이며 햇빛으로 인해 만들어진 입사각이

같기 때문에 AA닮음이에요. 그럼 대응하는 변의 길이를 a : c = b : d 인 비례식을 세울 수가 있어요. 그러면 빌딩의 높이를 구할 수가 있지요."

"역시 우리 아들이야! 엄마가 지금 당장 재 올게."

1시간이 흘렀을 때쯤… 아직 상처가 다 아물지 않아 힘들어 하시며 집에 들어서는 엄마를 보았다.

"남주야. 63빌딩 그림자의 길이는 62.4cm이고, 0.5m 막대기의 그림자는 0.1m였단다."

"음~ 그럼 빌딩의 높이를 구해 보면~"

"0.1 : 62.4 = 0.5 : x 이기 때문에 0.1 × x = 62.4 × 0.5가 성립해요. 즉 x = 312 예요. 따라서 빌딩의 높이는 312m가 된단 말이죠."

엄마는 감탄하며 나에게 말하셨다.

"남주, 너 공부 열심히 했구나!!"

엄마의 칭찬에 기분이 좋았으나 지금은 기분 좋아할 때가 아니었다.

한시라도 빨리 여주를 구하러 가야 하기 때문에 난 엄마에게 바로 밧줄을 준비해달라고 하였고 밧줄을 받고 바로 차를 타고 63빌딩으로 향하였다.

엄마는 운전을 하시면서 내가 걱정스러운지 계속해서 괜찮은

빌딩

九

62.4

막대기

.5m
0.1m

지 물어보셨고 나는 당연히 괜찮다고 대답했다.

드디어 63빌딩 앞에 도착하였다. 엄마는 이곳에서 200m 정도 떨어진 곳에서 대기할 것이고, 나는 이곳에서 잠입해서 여주를 구해 엄마 차로 달려가면 되는 것이다.

엄마는 내가 출발하기에 앞서 내 머리를 쓰다듬어 주시며 말씀하셨다.

"엄마는 남주가 성공할 거라고 믿어. 꼭 여주를 구해오렴."

"네, 엄마."

날 걱정스러워 하는 엄마를 뒤로 한 채 난 여주를 구하기 위해 63빌딩 안으로 들어왔다.

난 들어오자마자 비상계단으로 향했고 한 칸 한 칸 여주를 향해 올라가기 시작했다.

58층쯤 올라가고 있을 때, 위에서 사람 목소리가 들리기 시작했다.

'윽… 엄마가 한 번 왔다 가서 경비가 더 삼엄해진 건가?'

다행히도 계단에 있는 가   아니라 계단으로 들어오는 문 밖에서 이야기하는 거라서 조용히만 올라가면 되었다.

하지만 58층까지 올라가다 다리에 힘이 조금 풀려버렸는지 난 쿵! 하고 엎어져버렸다.

문 밖에 있는 조직원1이 조직원2에게 물었다.

"이게 무슨 소리지?"

"저 계단에서 나는 소리 같은데요?"

조직원2가 대답했다.

"침, 침입자!!"

두 조직원은 함께 "침입자!"라고 외치며 비상계단 문을 열었다.

하지만 나는 이미 일어서서 위를 향해 뛰고 있었다.

"침입자다!!!"

나를 발견한 조직원 둘은 침입자를 크게 외치며 나를 잡으려고 따라 뛰어 올라왔다.

원래 계획대로라면 나는, 62층을 조용히 올라가야 하지만 두 명의 조직원들 때문에 어쩔 수 없이 뛰어 올라갔다.

내 발소리가 너무 컸었는지 62층에 잠입했던 조직원들도 침입자가 있다는 걸 깨닫고는 계단을 통해 쫓아오거나 엘리베이터를 통해 미리 먼저 올라가 나를 기다리는 조직원들도 있었다.

나는 정신없이 뛰어올라갔고, 정말 다리가 풀릴 정도가 되어서야 63층에 다다를 수 있었다.

거의 바로 뒤까지 조직원들이 따라왔으나 간신히 계단 문을 잠글 수 있었다.

난 문을 잠그고 문 앞과 엘리베이터 문 앞에 바리케이드를 쳤다.

이로써 조금이나마 시간을 벌 수 있었고 난 밧줄을 엄마가 가르쳐 주셨던 곳에 묶어두고 여주를 찾아다녔다.

"여주야!! 어디 있어!!"

큰소리로 여주를 불러보았지만 대답이 없었다.

그 사이 조직원들이 좀 더 많이 모여 바리케이드를 뚫으려고 했다.

나는 급히 바리케이드를 좀 더 탄탄하고 많이 쌓으려 우연히 어느 책상을 들춰내었다.

책상이 놓여 있던 바로 그곳에 여주가 입이 막힌 채 묶여 있었다.

방금 들춰낸 그 책상으로 바리케이드를 더 쌓은 뒤 난 여주를 풀어주었다.

"여주야, 괜찮아?"

여주는 울먹거리며 대답했다.

"괜찮아. 아 어젯밤에 엄마가 이곳에 오셨던 거 같았는데 괜찮으셔?"

"엄마는 괜찮으셔. 빨리 이곳에서 나가자. 밖에서 기다리고 계셔."

난 여주를 이끌고 밧줄을 타고 내려갔다.

밧줄을 타고 10층쯤 내려왔을 때 조직원들은 내가 쳐 놓았던 바리케이드를 전부 뚫었는지 위에서 우릴 내려다보고 있었다.

그걸 본 나는 여주에게 더 빨리 내려가야 한다며 재촉하였다.

조직원들은 밧줄을 자르려고 했다.

"조금만 더, 더 빨리 내려가자. 여주야."

여주는 밑에 도착했고, 조직원들이 밧줄을 완전히 잘라내려는 그 순간 나는 아슬아슬하게 밑으로 도착하였다.

나는 많이 지쳐 있는 여주를 부축하며 엄마 차로 있는 힘껏 뛰었고, 조직원들은 이제야 1층으로 내려왔는지 하나 둘씩 건물 밖으로 뛰어나와 나를 쫓아왔다.

하지만 이미 격차가 많이 벌어져 있었기 때문에 난 엄마 차로 여유롭게 들어와 숨을 가다듬고 도망가는 데에 성공하였다.

하지만 집으로 가고 있는데 조직원들의 차가 우리의 바로 뒤를 쫓고 있었다.

엄마는 황급히 경찰에 전화를 걸어 지금 어떤 조직에 쫓기고 있다고 신고하여 집에서 대기하고 있던 경찰 덕에 우리는 무사히 집에 들어갈 수 있었고, 그곳에서 잡힌 조직원들이 공범들을 지목해서 모두 잡혔다. 이번 사건으로 인해 그 조직은 이제 사라졌다. 그후 우리 가족은 외할머니 댁으로 이사를 가게 되었고, 그곳에서 조용하게 새로운 생활을 시작했다.

댄스 경연 대회

글 엄보경 / 그림 박유진

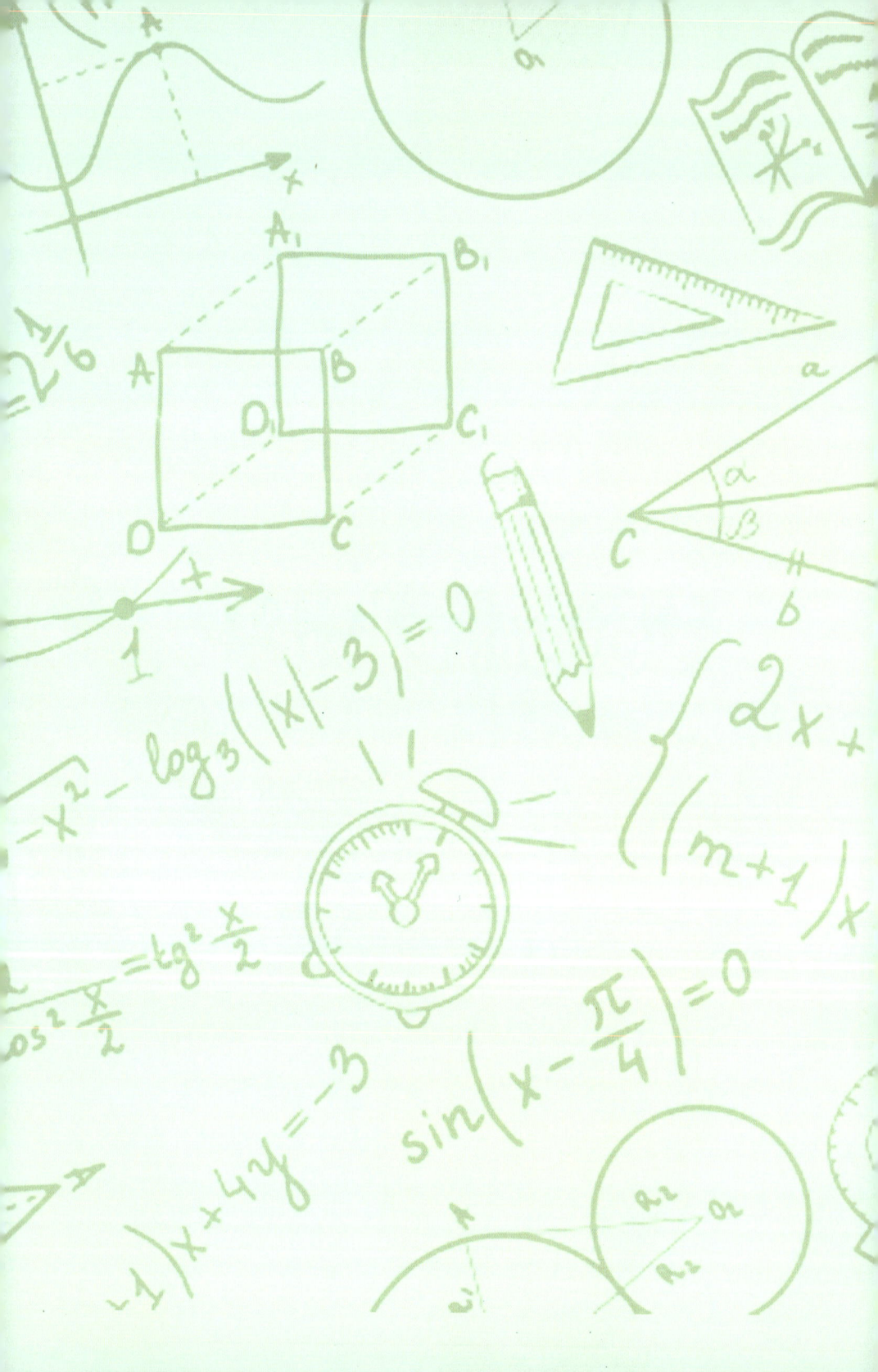

"으, 뻐근해."

오전 7시, 은영이는 시끄럽게 울리는 자명종 소리에 힘겨운 몸을 이끌고 눈을 떴다. 어제도 온종일 댄스경연대회에 출전할 춤을 연습한 덕에 일어나기가 힘들었다. 온 몸이 쑤시고 뻐근해 몸을 이리저리 움직여보았지만 전혀 소용이 없었다.

"으으… 힘들다. 비록 지금은 몸이 힘들고 어렵겠지만 이런 것들이 차근차근 모여 언젠가는 그 열매를 맺는 날이 오겠지?"

따르르릉– 따르르릉–

어젯밤 머리맡에 놓아뒀던 은영이의 핸드폰 화면이 반짝이며 벨이 울렸다. 은영이는 팔을 뻗어 핸드폰을 집어 들어 전화를 받았다.

"은영아, 나 수지야. 잘 잤니? 나는 오늘 아침에 일어나는데 다리에 알이 배겨서 일어나려다가 죽는 줄 알았지 뭐야. 너는 몸이 좀 괜찮니?"

"앗, 수지구나. 나도 마찬가지야. 아침에 일어나려니깐 온 몸이 쑤시고 뻐근해서 너무 힘들었어."

"그렇지? 너무 힘들다. 하지만, 조금만 더 힘내자! 대회가 얼마 남지 않았어. 오늘도 연습 있는 거 알지? 잊지 말고 강당에서 보자."

"당연히 알고 있지. 내가 얼마나 대회를 기대하고 있는데."

"하하, 역시 너답다. 나도 그래. 그럼 이만 전화 끊을게. 학교에서 보자!"

곧이어 전화가 끊어지고 시계의 바늘은 7시 15분을 가리키고 있었다. 지각하지 않고 학교에 도착하려면 빠듯한 시간이었다.

은영이는 부랴부랴 세수를 한 뒤 아침밥을 먹는둥 마는둥 하고 서둘러서 잘 다려진 교복을 입고 현관문 앞에 섰다.

"은영아, 아침밥은 먹고 가야지! 그러다 배고파서 수업을 어떻게 하려고 그러니?"

"엄마, 미안해. 나 지금 바빠서. 나 오늘 댄스경연대회 연습 있어서 좀 늦을 것 같아."

은영이는 걱정스러운 엄마의 목소리를 뒤로한 채 발걸음을 옮겼다. 시간이 늦어 정신은 없었지만 댄스경연대회에서 1등을 거머쥘 자신의 모습을 상상하며 뿌듯해 했다. 그런 생각을 하니 은영이의 발걸음이 날아갈 듯이 가벼워지고 콧노래가 절로 나왔다.

"흠~ 랄랄라~."

은영이는 서두른 탓인지 다행히도 지각하지 않고 제시간에 학교에 도착해 교실로 갔다. 내가 교실에 들어가니 반 여자 아이들은 모두 미리 와서 춤 연습을 하고 있었다. 그 주위를 빙 둘러싼 여러 아이들이 감탄사를 내뱉거나 박수를 치며 잘한다고 환호하고 있었다.

"얘들아, 좋은 아침. 늦어서 미안해."

"은영아 안녕? 괜찮아. 마침 잘 왔다. 우리 지금 연습하고 있었는데 같이 하자."

"응, 얼른 연습하자."

한창 연습을 하다가 1교시를 시작함을 알리는 수업종이 울리자 모두들 후다닥 자기 자리로 가서 앉았다. 1교시는 수학 시간이었다. 수학은 은영이가 좋아하는 과목이었다. 수학 선생님의 수업이 간단명료하고, 수학이라는 과목은 신기하면서도 흥미로운 과목이기 때문이었다.

은영이는 들뜬 마음으로 자리에 앉아서 교과서를 꺼낸 후 수업 준비를 했다. 책을 펴놓고 조금 기다리자 수학 선생님이 교실로 들어오셨다.

"얘들아, 안녕? 수업 시작하자. 저번 시간에 배운 내용은 피타고라스의 정리였단다. 저번 시간에 배운 거 기억나니? 우선 제일 중요한 개념을 설명해 줄게. 피타고라스의 정리에서는 $a^2 + b^2 = c^2$이라는 식이 성립했지? 이번 시간은 피타고라스의 정리 그 두 번째 시간이야. 이번에는 좀 더 쉽게 그림으로 알아보도록 하자. 그림과 같이 정삼각형 ABC의 꼭짓점 A에서 변 BC에 내린 수선의 발을 H라고 하면 점 H는 변 BC의 중점이므로 $\overline{BH} = \dfrac{a}{2}$ 이 되고, △ABH는 직각삼각형이므로 피타고라스의 정리에 의하여 $\overline{AH} = \sqrt{\overline{AB}^2 - \overline{BH}^2} = \sqrt{a^2 - \left(\dfrac{a}{2}\right)^2} = \sqrt{\dfrac{3}{4}a^2} = \dfrac{\sqrt{3}}{2}a$ 이지. 이때 $a > 0$이므로 $\overline{AH} = \dfrac{\sqrt{3}}{2}a$ 이지? 따라서 정삼각형의 높이는 $\dfrac{\sqrt{3}}{2}a$ 가 되는 거야."

"그러면 △ABH의 넓이는 어떻게 되는지 볼까? 삼각형의 넓이는 밑변×높이÷2이므로 $\triangle ABH = \dfrac{1}{2} \times a \times \dfrac{\sqrt{3}}{2}a = \dfrac{\sqrt{3}}{4}a^2$ 이란다. 그림으로 설명하니까 더 알기 쉽지? 무작정 외우는 것보다는 왜 그렇게 되는지 원리를 이해하면 더욱 쉽게 이해할 수 있단다."

"와아, 선생님 말씀대로 이해하기가 더 쉬워요."

"그렇지? 수학에 대해서 질문 있는 학생은 손을 들고 질문하렴."

기다렸다는 듯이 은영이가 손을 들었다.

"그래, 은영아 질문할 게 뭐니?"

"선생님, 피타고라스 정리를 만들어 낸 피타고라스 학파에 대해 궁금합니다. 제가 듣기론 종교 단체라고 하던데… 어떤 학파였나요?"

"피타고라스가 활동할 당시에는 여러 학자들이 종교적인 특성을 갖고 학파를 만들어서 활동하고 있었단다. 학문이랑 종교의 결합? 지금에는 별개의 것이지만 예전에는 이렇게 함께 어울어져서 학문과 종교가 밀접한 관계에 있었지. 그 시대에 피타고라스가 만든 학파가 바로 〈피타고라스 학파〉란다. 그 당시 〈피타고라스 학파〉에 들어가려면 규율을 지켜야 하는데 그 규율이 매우 엄격해서 피타고라스가 좋아도 규율을 지킬 자신이 없으면 그 학파에 들어갈 수가 없었지. 윤회사상과 철저한 금욕주의를 강조해서 콩을 신성시했고, 떨어뜨린 물건은 다시 줍지 않았으며, 음식을 통째로 못 먹는 등 '도대체 이런 규율이 학문과 무슨 상관이 있을까?' 라는 의구심마저 들게 하는 규율들을 만들고 지키게 했단다. 이외에도 연구한 내용은 비밀로 하며, 학회에서 발견된 모든 연구는 피타고라스가 발견한 것으로 돌려졌던 관습 때문에 수학적 발견이 정말 피타고라스에 의해서 발견된 것인지 아니면 학파의 어떤 다른 사람에 의해서 발견된 것인지 정확히 알 길이 없단다.

〈피타고라스 학파〉는 점점 커져서 이름도 알려지게 되었지만, 그만큼 시기하는 사람도 많아져서 목숨을 위협 받기에 이르렀지. 결국 여기저기 피신을 했지만, 끝내 죽음을 당했다고 해. 피타고라스에 대해 알고 나니 피타고라스 정리에 대해서 공부할 마음이 생겼니?"

"그럼, 오늘 수업은 여기까지!"

수학 수업이 끝나고 쉬는 시간 종이 울렸다. 종이 울리자마자 아이들은 앞뒤를 다퉈가며 강당으로 향했다.

"하나, 둘, 하나, 둘, 왼쪽, 오른쪽."

다들 구령을 해가며 하나둘씩 처음에는 어설프기만 했던 동작들을 멋지게 완성해 갔다. 댄스경연대회에 출전하는 은영이네 반 아이들을 응원하기 위해 다른 반 학생들도 와서 응원해 주었다. 학생들의 함성소리와 응원소리에 힘입어 동작 하나하나에 신중을 기하며 열정을 다했다. 다들 대회에서 1등을 할 수 있을 거라는 생각에 힘들지만 즐거워하고 있었다.

"1등이 뭐 대수야? 우리라고 못할 거 없어! 지금 당장은 힘들더라도 포기하지 말고 다 같이 최선을 다하자. 아자!"

화기애애한 분위기 속에 서로 격려해 가며 아이들은 대화를 나누었다.

"일단 우리가 대회에 나갈 때 우리 팀 이름을 정해야 하지 않겠어?"

"그렇지. 우리 팀 이름을 무엇으로 하는 게 좋을까?"

"음……. 모두 힘내자는 의미에서 파이팅 조가 어떨까?"

"오~ 좋은데? 나는 찬성이야. 우리 모두 파이팅 하자!!"

아이들은 만장일치로 팀 이름을 정하고 난 후 진심어린 구슬땀을 흘려가며 다시금 연습에 더욱 집중하였다. 서로가 서로의 동작을 확인도 해주고 틀렸던 동작들을 고쳐보기도 했다. 아이들은 음악에 맞춰 발을 구르고 손을 올리며 그 어느 때보다 열정을 다해 연습했다.

대회가 코앞으로 다가왔다. 대회가 다가오면 다가올수록 학생들은 긴장하면서도 흥분된 눈치였다. 시간이 촉박해질수록 아이들도 단단히 각오를 했는지 눈빛부터 달라졌다.

"얘들아, 긴장할 필요 없어, 우리가 여태까지 갈고 닦은 실력을 여러 사람들 앞에서 마음껏 발산하면 되는 거니까."

"맞아. 등수는 중요하지 않아. 여태까지 우리가 함께 해온 연습의 성과를 최선을 다해 보여 주는 게 가장 중요한 거야."

"모두 긴장하지 말고 힘내자. 우리가 투자한 시간만큼 좋은 결과가 나 올 거야."

드디어 학생들이 기다리고 기다리던 대회 날의 아침이 밝았다.

대회장의 열기는 무척이나 뜨거웠다. 많은 관객들의 큰 함성소리, 여태까지와는 비교도 안 될 정도로 크나 큰 무대 크기, 학생들의 심장이 두근두근 거리는 소리가 더욱이 크게 들렸다. 쟁쟁한 경쟁자들도 많이 보였다. 다들 대회 날이라고 예쁘게 치장하고는 당당한 걸음걸이로 무대 위로 나섰다. 쟁쟁한 경쟁자들 때문에 아이들은 잔뜩 기가 죽은 모습이었다.

"과연 우리가 1등을 할 수 있을까?"

"열심히 연습했지만 우리보다 더 잘해 보이는 학생들이 많아 보인다……."

"아, 막상 와보니 너무 긴장된다."

곧 양복을 말쑥하게 차려입고 한 손에는 마이크를 든 사회자가 나와 진행을 시작하였다.

"안녕하십니까? 신사숙녀 여러분, 오래 기다리셨습니다. 저는 진행을 맡게 된 이상현입니다. 그동안 연습은 많이 하셨나요? 초조해 하지 마시고 여러분이 그동안 연습한 대로 그대로 마음껏 보여주시면 됩니다. 열심히 최선을 다해서 대회에 임해 주시기 바랍니다. 그럼, 시작하겠습니다. 지금 누구보다 떨릴 참가자들을 위해 응원의 함성을 크게 외쳐주세요!"

"우와-!"

"자, 그럼 본격적으로 대회를 시작하겠습니다. 가장 먼저 1조

아이돌 팀 나와 주세요."

　아이돌 팀이 나와 화려한 몸짓과 동작으로 무대를 장악했다.
은영이의 조는 바로 다음 차례였다. 아이들은 아이돌 팀의 무대
를 보며 더더욱 긴장감이 최고조에 이르렀다.
　"우와, 잘한다. 우리보다 연습을 더 많이 한 거 아닐까?"
　"그러게. 정말 잘하네. 하지만, 우리도 연습한 만큼 열심히 대

회를 즐기면 돼. 다 잘 풀릴 거라 믿어. 우리 팀 이름대로 파이팅-!!"

아이들은 파이팅을 외친 후 자신 있게 무대로 걸어 나갔다. 학생들은 음악이 나오자마자 신나게 몸을 움직였다. 그동안 연습했던 대로 음악에 몸을 맡기고 앞서 본 1조 아이돌 팀보다 더 흥겹게 무대 위를 누비며 무대를 즐겼다. 관객들의 호응에 힘입어 동작도 연습 때보다 크게 하고, 무대 위를 자유롭게 뛰어다니며 손을 흔들었다. 파이팅 팀의 무대가 끝나고 최고 팀, 노력 팀, 재능 팀, 파워 팀이 나와 차례대로 나와 공연을 했다. 어떤 팀은 자신들의 묘기를 하나하나 보여주며 관객들을 놀라게도 하고, 어떤 팀은 재미있는 동작들로 웃음을 선사하기도 했다. 공연이 진행되면 진행될수록 대회장의 열기는 뜨거워졌다. 다양한 플래카드를 만들어 자신들의 팀을 응원하기도 했고, 함께 춤을 추며 응원을 해주기도 했다. 시간이 경과하고, 열정적인 무대가 끝나고 드디어 1등을 발표해야 되는 순간이 왔다. 누구라 할 것 없이 모두 잘해 우열을 가리기가 힘들었다. 사회자는 1등 팀 후보가 두 팀이라고 발표했다. 사회자는 1등 팀을 정하기가 어려워 1등을 정하기 위해 각 팀에게 주사위를 만들어 오라고 하였다. 대회장이 술렁거리며 이곳저곳에서 의아해 하는 목소리가 터져 나왔다. 사회자는 설명을 덧붙였다.

"파이팅 팀과 파워 팀은 각자 조에서 주사위를 하나씩 만들어 오도록 합니다. 어떤 모양이라도 상관없습니다. 만들어 오실 주사위에 똑같은 수로 자신의 팀 이름과 상대 팀 이름을 적고 싶은 곳에 적도록 합니다. 어느 조의 주사위를 던질지는 내일 이곳에서 정하도록 하고, 주사위를 던져 이름이 나오는 팀이 이기게 되는 것입니다. 이해가 되시나요?"

이 말을 들은 학생들이 처음에는 의아해 하였지만 나중에는 이해하고 고개를 끄덕였다. 대회가 끝나고 은영이 조는 머리를 맞대고 주사위를 어떻게 만들 것인가 생각했다. 아이들은 은영이 집에 모여서 주사위에 대한 이야기를 시작했다.

"음. 얘들아, 어떻게 만들까? 생각나는 거 있어?"

"우리가 우승할 확률을 높여야 되니까 잘 만들도록 해야 될 것 같아."

"맞아, 우리가 우승할 확률을 높이려면 어떤 종류의 주사위를 만들어야 될까? 네모난 주사위는 확률이 같잖아. 조금 특별한 주사위가 없을까?"

"아! 생각났다. 우리 준정다면체 주사위를 만드는 게 어때?"

"준정다면체라, 좋은 생각인데? 그런데 준정다면체가 뭐야?"

"준정다면체는 2가지 이상의 정다각형으로 이루어진 입체도형이야. 꼭짓점에 모인 정다각형의 배열이 모두 같은 볼록한 다면

체이지."

"그러면 준정다면체에는 어떤 종류가 있을까?"

"으음, 내가 알기로는 깎은 정사면체, 깎은 정육면체, 깎은 정팔면체, 깎은 정십이면체, 부풀린 육팔면체, 부풀린 십이이십면체, 다듬은 정육면체, 다듬은 정십이면체 등이 있어."

"그런데 왜 준정다면체가 적합한 거야?"

"준정다면체는 모양이 다르니까 면적이 달라. 그렇기 때문에 준정다면체를 잘 선택하면 우리 팀의 이름이 나올 확률이 높아져."

"그렇구나. 그럼 우리는 무엇으로 이루어진 준정다면체를 만들까?"

"정육각형, 정사각형으로 이루어진 깎은 정팔면체를 만들면 되지 않을까?"

"깎은 정팔면체 주사위라면 정육각형이 가장 면적이 넓기 때문에 나올 확률도 가장 높으니깐 정육각형에 우리 팀 이름을 쓰고, 정사각형 면에는 같은 후보 팀인 파워 팀의 이름을 쓰면 되겠다!"

"그렇게 되면 한 변의 길이가 1인 깎은 정팔면체를 만든다고 하면 정육각형은 면적이 정삼각형 6개로 이루어져 있어!! 오늘 수업시간에 배운 피타고라스 정리의 활용을 이용하여 정육각형

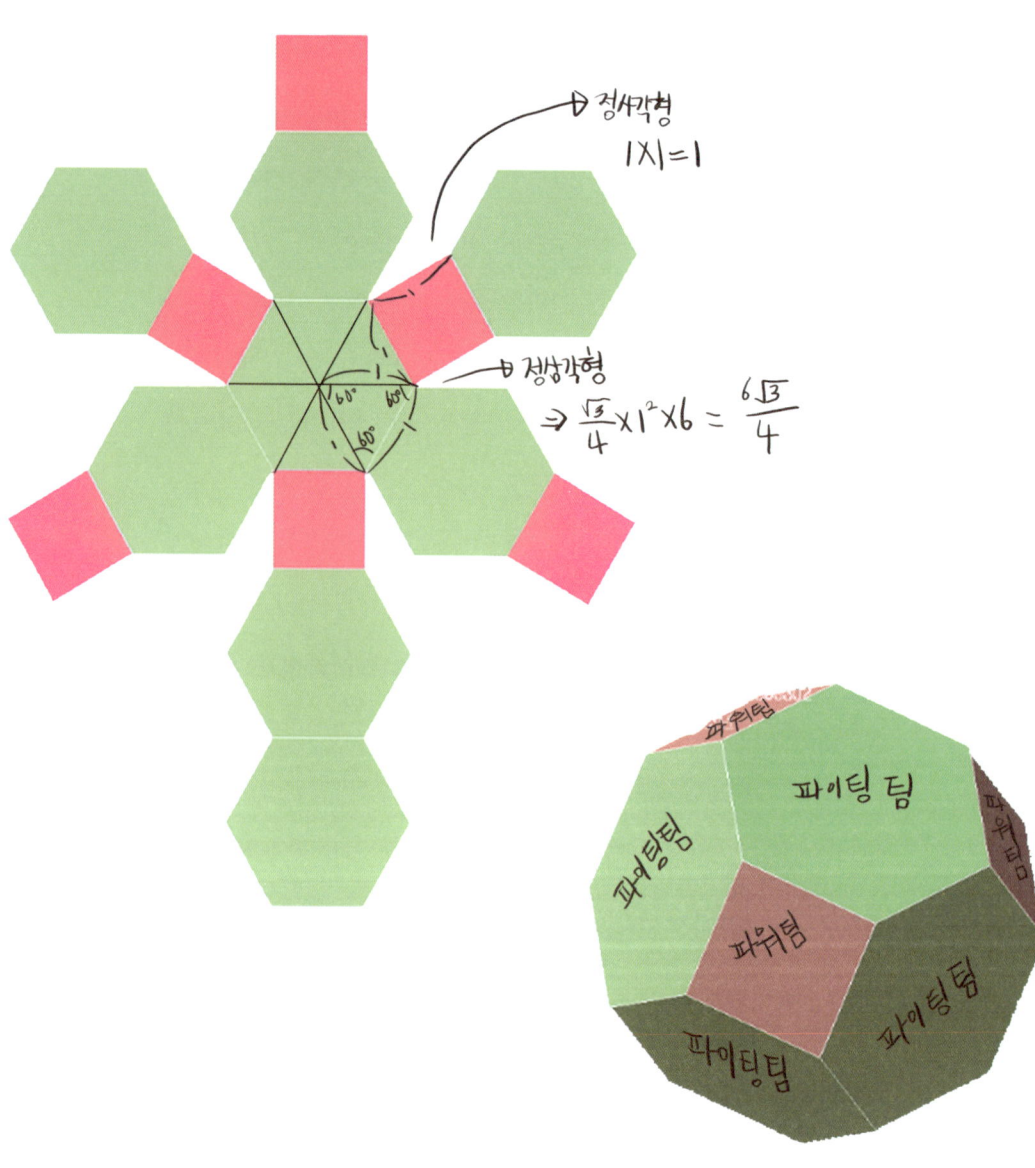

정사각형
1지1=1

정삼각형
$\Rightarrow \dfrac{\sqrt{3}}{4} \times 1^2 \times 6 = \dfrac{6\sqrt{3}}{4}$

60° 60°
60°

파워팀
파이팅 팀
파워팀
파워팀
파위팀
파이팅 팀
파이팅 팀
파이팅 팀

의 면적을 구해 보면 $\frac{\sqrt{3}}{4} \times 1^2 \times 6 = \frac{6\sqrt{3}}{4}$ 이 되고, 정사각형은 면적이 1 × 1 = 1이기 때문에 정육각형의 면적이 넓어! 깎은 정팔면체는 총 면이 14개인데, 그 중 정육각형이 8개 정사각형이 6개이니깐 정육각형의 면 6개에 우리 팀 이름을 쓰고, 정사각형의 면 6개에 파워 팀 이름을 쓰고, 나머지 정육각형의 면 2개는 우리 팀과 파워 팀을 한 번씩 쓰면 우리 팀의 면적이 결과적으로 많아지니 주사위를 던졌을 때 우리 팀이 이길 확률이 높아져!!"

"우와, 그럼 우리 조는 깎은 정팔면체를 만들도록 하자!!"

"파워 팀의 주사위는 어떤 모양일까?"

파이팅 팀이 함께 의논하고 계획을 세우고 있을 때, 반면에 파워 팀은 바쁘다며 서로서로에게 주사위 만들기를 미루었다.

"얘들아, 미안한데 나 학원 가야 되서 주사위 만들지 못할 것 같아."

"어, 나는 집에 빨리 가서 동생 돌봐 주어야 되는데?"

"어떡하지……. 나도 학원을 가야 되는데……."

"너희들 서로 서로 바쁘다고 하면 우리 팀의 주사위는 누가 만드니?"

"이렇게 되면 우리 팀은 우승하지 못하게 될지도 몰라. 알고 있지?"

"다음 날로 미루면 안 돼? 그 다음날은 될 것 같은데……."

"말도 안 되는 소리 하지 마. 다음 날이 우승자를 발표하는 날이잖아."

이렇게 파워 팀은 팀원 간의 불화, 바쁘다는 핑계 등을 대며 서로에게 미루기만 하다 결국 주사위를 만들어 가지 못했다.

그 다음날 아이들은 다시 대회장으로 갔다. 아직까지는 서로 어떤 주사위를 만들어 왔는지 궁금해 하며 견제하고 눈치만 보는 상황이었다. 파이팅 팀은 그냥 일반 주사위를 만들어 오는 것보다 면적이 넓은 주사위를 만들어 오는 것이 우승할 확률이 높다고 생각해서 정다면체 주사위를 만들어 왔다. 제일 큰 면인 정팔면체, 그 다음으로 제일 작은 정사각형, 등을 사용해서 만들었다. 주사위를 던지면 가장 큰 면인 정팔면체가 나올 확률이 높다는 것을 이용한 것이었다.

"파워 팀은 주사위를 만들어 오지 않았으므로 파이팅 팀의 주사위에 불만이 있다 하더라도 수긍하셔야 하겠죠? 자, 그럼 파이팅 팀 조장이 나와 주사위를 던져 볼까요?"

사회자가 말했다. 긴장되는 순간이었다. 파이팅 팀의 조장인 은영이는 무대 위로 나가서 주사위를 들었다.

"두근두근, 제발."

다들 모두 떨려 하는 소리가 크게 들렸다. 곧 주사위는 던져지고, 결과가 나왔다.

"자, 정육각형의 면이 나왔네요. 이 면에 적힌 팀은…… 파이팅 팀이네요! 우승팀은 파이팅 팀입니다! 파이팅 팀은 특이한 주사위를 만들어 왔는데, 어째서 이런 주사위를 만들어 왔나요?"

"저희가 만든 주사위는 깎은 정팔면체 주사위입니다. 이 주사위는 정육각형, 정사각형으로 이루어져 있는데, 이 중 정육각형의 면적이 가장 넓으므로 주사위를 던졌을 때 나올 확률도 높습니다. 정육면체 모양의 일반적인 주사위의 확률은 $\frac{1}{6}$ 로 같습니다. 같은 모양의 주사위를 만들면 확률이 같습니다. 하지만 면적이 넓은 주사위는 면적이 넓으면 넓을수록 던질 때 나오는 확률이 높아지므로 그 면에 자신의 팀의 이름을 적으면 우승 확률도 높아지는 것이죠. 저희는 이 원리를 이용하였습니다."

은영이의 차분한 설명이 끝나고 사회자는 고개를 끄덕이며 입에 침이 마르고 닳도록 파이팅 팀의 지혜를 칭찬해 주었다.

"우와, 우리 팀이 이겼어!!"

"정말이네~ 우리가 노력한 것이 드디어 열매를 맺는구나. 너무 기쁘다!"

사회자는 정식으로 크게 파이팅 팀의 우승을 마이크로 알리고 이윽고 관객의 함성이 들려왔다.

"와아, 파이팅 팀의 우승이 드디어 결정되는구나."

아이들은 잔뜩 들떠 기쁨에 말을 길게 잇지 못하였다.

"비록 우승을 차지하지는 못했지만 다른 팀들도 잘 해 준 것에 큰 박수를 보내도록 합시다."

사회자의 말에 관객들은 다른 팀들에게도 응원의 소리와 박수를 보냈다.

1등 팀인 파이팅 팀에게는 푸짐한 상품이 주어졌다. 그리고 내년에도 이 대회에 먼저 참가 할 수 있는 기회를 주었다. 학생들은 뛸 듯이 기뻐했고, 다음에 또 출전하겠다는 생각으로 눈빛이 초롱초롱해졌다. 그리고 심사위원들 중 몇 명이 파이팅 팀들의 학생 중 몇몇의 소질을 알아보고 자신의 제자로 캐스팅해 가서 더 멋진 인재로 키워주기로 하였다. 학생들은 서로 부둥켜안고 엉엉 울면서 행복감에 마음껏 도취되었다. 비록 이번엔 우승을 하진 못했지만, 나머지 팀의 학생들도 진심어린 응원의 박수를 보내었다. 은영이와 친구들은 진 팀과도 결과와는 상관없이 서로 칭찬해 주며 내년에도 멋진 승부를 기약하였다.

블랙마왕과의 전투

글 정명호, 서민기, 정호재 / 그림 박정윤

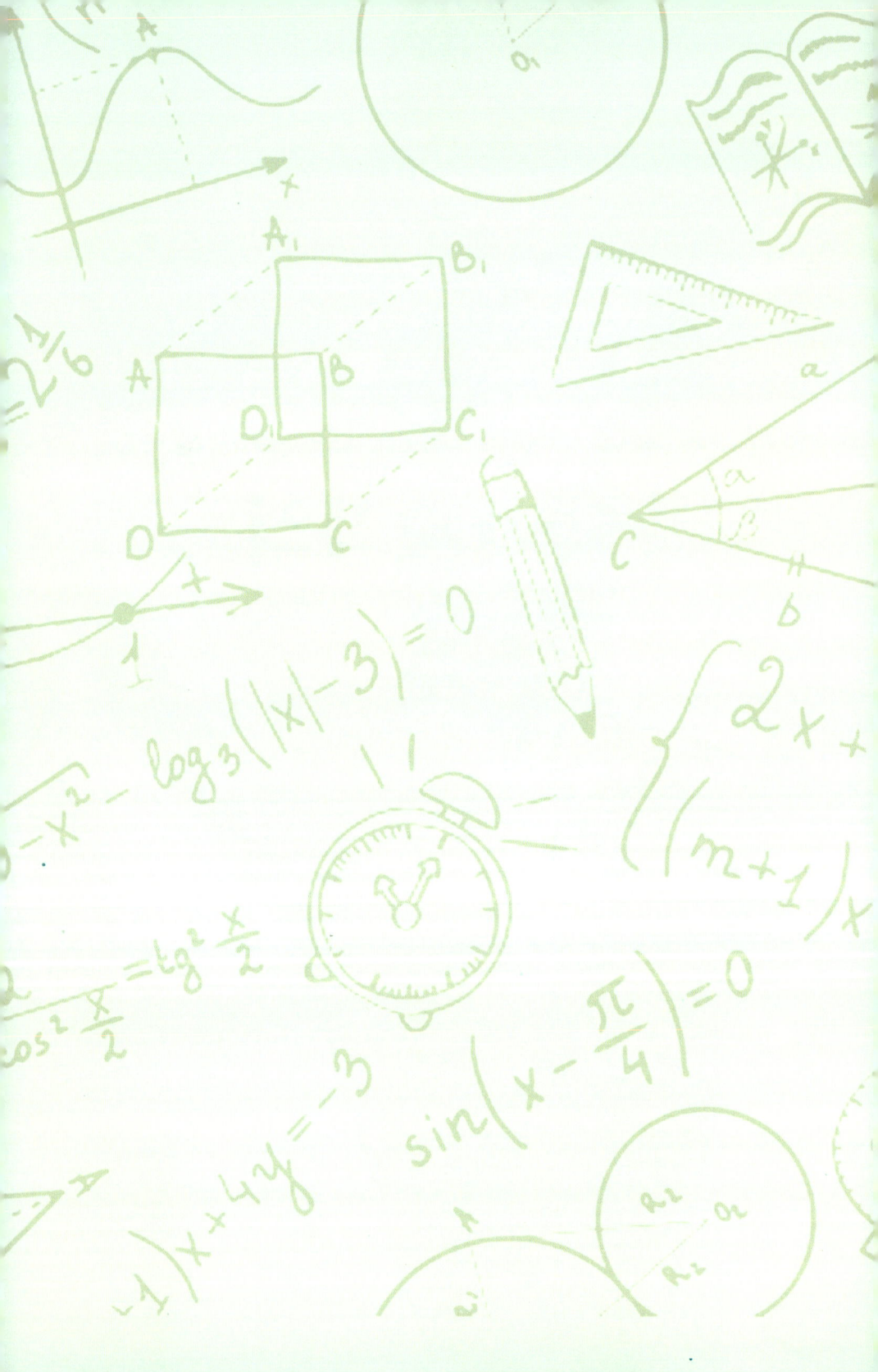

세상이 험해졌다. 여러 마을이 파괴당했다는 소문에 분위기가 흉흉하다. 서기 99년 바를레우스 마을에 한 사람이 찾아온다.

"촌장님, 옆 마을 서구레타우스변 마을이 검은 괴물에게 당했다고 합니다. 듣자 하니 검은 괴물은 큐브를 던져주고 그걸 풀면 마을 사람들을 살려주는 대신 문제를 맞추는 사람은 잡아간다고 합니다."

고개를 갸웃거리며 촌장이 말했다.

"그럼 문제를 풀지 않으면 되지 않겠는가?"

"그러면 마을을 초토화시킨다고 합니다."

"흠. 알겠네. 누군가가 목숨을 걸고 문제를 풀지 않으면 모두가 죽는다는 이야기군. 그리고 옆 마을이 검은 괴물에게 당했다면 다음 목표는 우리 마을이 되겠군, 일단 준비를 하시게."

"예, 알겠습니다."

갑자기 마을의 중심에 있는 마테우스 공원의 지면에서 눈부신 빛이 새어 나오더니 정체 모를 검은 괴물이 나타났다.

"왔구나."

촌장이 말했다.

"크하하하 어리석은 인간들아 내가 너희들의 세상을 멸망시키기 위해 왔다. 그러나 너희 같은 미천한 것들에게 한 번의 기회를 주겠다. 그때 검은 괴물은 자기 몸에서 큐브를 꺼냈다.

"시간을 이틀을 줄 것이다"

그리고 검은 괴물은 큐브를 땅에 떨어뜨린 채 사라졌다.

촌장은 이 큐브의 정체를 밝히기 위해 마을의 인재들을 모두 불러 모았다.

모인 사람들은 머리를 맞대고 열심히 생각해 보았으나 그 큐브의 정체를 알 수가 없었다.

그렇게 고민하다 보니 벌써 이틀째… 약속한 시간이 왔다.

"모두들 대피하시오! 이제 몇 시간 뒤면 검은 괴물이 찾아 올 것이요."

"촌장님도 어서 대피하세요."

"난 괜찮네. 빨리 대피하시게."

"촌장님이 대피하지 않는다면 저희도 남겠습니다."

그때 대피를 하던 한 아이가 큐브를 실수로 넘어뜨렸다. 그 순간 검은 괴물의 형상이 화면으로 나타나며 말했다.

"문제를 내도록 하겠다. 제시된 문제를 제한 시간 안에 풀지 못하면 마을을 초토화시킬 것이다. 지금부터 풀어보아라."

검은 괴물의 형상은 사라졌다.

그리고 큐브에서 3D 화면이 형상화되며 문제 하나가 나타났다.

x의 값이 집합 (-3, -2, -1, 0, 1, 2)의 원소일 때,

이차방정식 $x^2 + 2x - 3 = 0$의 해를 구하라.

〈오답을 말할 시 자동으로 폭발한다.〉는 메시지도 함께 뜨며 30분 타이머가 생겼다.

사람들은 동요하기 시작했다.

"우리는 죽을 거야, 어서 도망가자."

"다들 멈추시오, 그리고 다들 진정하시오."

촌장이 크게 소리쳤다. 사람들은 조용해지기 시작했다.

"이 문제를 풀 수 있는 사람은 모두 나오시오."

하지만 사람들은 나가길 꺼려했다. 촌장이 말했다.

"꺼려하지 마시고 다들 나오시오. 당신들이 도전하지 않아도 죽는 건 마찬가지일 것이오."

그때 한 마을 청년이 나오면서 말했다.

"이것은 이차방정식입니다."

"자네 이 문제를 풀 수 있겠나?"

촌장이 말했다.

"네, 이 정도 문제는 간단하죠. 이 문제의 답은 -3또는 1입니다. 이 문제는 쉽게 그냥 대입을 하여 등식이 성립하는 값을 찾으면 됩니다. 그 수는 해가 됩니다."

갑자기 사람들이 시끄럽게 떠들기 시작했다.

"빨리 답을 말해! 시간이 없어."

"삐빅"

형상화된 그림에서 소리가 났다.

"15초 남았다."

"답은 -3또는 1이다!"

마을 청년이 말했다.

"철컥~ 치킹~"

큐브는 자동으로 돌아가며 다른 문제를 형상화했다.

다음의 이차방정식을 풀어라.

$$x^2 - 6x + 9 = 0$$

타이머는 다시 시간으로 바뀌었다.

"또 문제가 나오는 건가? 그래도 우린 풀 수 있어!"

사람들은 조금씩 희망을 가지기 시작했다.

"이 문제도 제가 풀어보겠소! 이건 완전제곱식이요. 좌변을 완전제곱식으로 인수분해 하면 $(x - 3)^2 = 0$이 됩니다. 이때 x는 3이 됩니다. 답은 3입니다!"

큐브의 타이머가 멈췄다. 그리고 다음 문제가 형상화됐다.

다음의 이차방정식을 풀어라.

$$(x - 3)^2 = 8$$

처음 문제를 풀던 청년이 계속 말을 이었다.

"이 문제는 쉽습니다. x - 3은 8의 제곱근이므로 $x - 3 = \pm\sqrt{8}$ 이라는 식이 나옵니다. -3을 이항하면 x는 $3 \pm 2\sqrt{2}$입니다. 답은 $3 = \pm 2\sqrt{2}$이다!"

큐브의 타이머가 멈췄다. 그리고 다음 문제가 형상화됐다.

지면에서 위로 쏘아올린 공의 초 후의 높이를 h라 하면

$$h = -t^2 + 8t - 9(m)$$

인 관계가 성립한다.
이 공이 최고 높이가 될 때의 시간과 높이를 구하시오.

처음 문제를 풀던 청년이 말했다.

"아니! 이건 이차방정식의 활용이군요? 이건 저도 잘 모르겠습니다."

"이 문제는 제가 풀어 보겠다."

마을에 또 다른 청년이 나섰다.

"이 문제는 완전 제곱식 형태로 변형을 해야 하는 문제입니다. $h = -(t^2 - 8t + 16 - 16) - 9$이고, 이제 -16을 뺀 후 묶으면 $h = -(t^2 - 8t + 16) - 16 - 9$가 됩니다. 그러면 $h = -(t - 4)^2 - 25$입니다. 그러면 시간은 4초가 나오고, 높이가 -25?"

처음의 청년이 의아한 표정을 가지고 말을 하였다.

"아니 이상하지 않소? 그런데 왜 높이가 음수가 나오는 것이

오?

　"잠깐만 시간이 멈추질 않고 계속 흐르고 있어. 그것도 더 빠르게."

　"잠시만, 답은 그것이 아닙니다."

　처음 이야기를 꺼냈던 마을청년이 말했다.

　그러나 타이머의 시간이 끝나버렸다.

　"당신 어쩌자는 거요? 죽어라! 죽어라!"

오답을 말한 청년에게 사람들이 소리친다.

"조용하시오! 저 청년은 비록 오답을 말하긴 했지만 당신들을 살리려고 나선 용감한 사람입니다. 그런 사람에게 욕을 해선 안 됩니다."

조용해졌다.

"큐브가 사라졌어."

마을 사람들은 다시 동요했다. 땅에서 빛이 새어 나오더니 검은 괴물이 나타났다.

"크하하하하하 이제 너희 마을은 끝이다!"

검은 괴물 뒤에 날개가 생기기 시작하더니 하늘 높이 날아올랐다. 사람들은 기겁했다.

"쾅! 펑! 펑! 펑!"

"으악!"

촌장은 파괴되고 불타는 마을을 보았다.

"드드득 드드득─"

소리가 들렸다.

"거기 누구시오?"

촌장이 물었다.

"전 옆 마을이 파괴되었다는 소식을 듣고 온 매쓰맨입니다. 이곳 마을에 곧 침입하리라 생각하고 서둘러 왔는데… 제가 한 발 늦었군요."

"매쓰맨님은 저 검은 괴물을 막을 방법을 알고 있다는 말씀인가요?"

"아니오. 전 괴물의 공격을 막을 힘은 없소. 다만 저 괴물의 약점을 알고 있소. 그것을 이용한다면 괴물을 막을 수도……."

"나는 도술로 저 괴물을 지켜보았소. 저 괴물이 마을을 파괴하기 전 공중으로 날아오를 때 저 괴물의 힘은 잠시 사라지오. 200%의 에너지를 채우기 위해서지요."

의아해 하며 촌장이 물었다.

"그렇다면 어떻게 해야 한다는 말이요?"

매쓰맨은 말을 이었다.

"괴물이 뛰어올라 최고 높이가 되었을 때의 시간을 계산한 후 그 시간에 맞추어 공격을 하면 분명 괴물은 그 공격을 피하지 못 할 것이오."

촌장이 신기해 하며 물었다.

"아니… 그걸 어떻게 알아내었소?"

"저 괴물은 항상 이차방정식의 문제만을 내고 있소. 그리고 그 문제를 풀 수 있는 사람은 잡아가지요. 그건 자신의 약점을 풀지 도 모르는 사람들이기 때문이오."

"쾅! 쾅!"

마을에 불길이 번지자 다급하게 촌장이 말했다.

"일단 여기에 있으면 위험하니 대피합시다. 나는 마을 사람들 을 지켜야 하니 매쓰맨 당신은 어서 옆 마을로 가서 이 사실을 알 리고 괴물을 막을 대책을 세워 주시오."

매쓰맨이 브레멘 마을에 도착했다.

"마을이……."

바를레우스 마을 사람들이 브레멘 마을로 도망쳐 오고 있었다.

"저기요! 왜 그러십니까? 혹시… 괴물이 나타났나요?"

"네 그렇습니다. 괴물이 나타나서 옆 마을을 다 부수고 있어 요!"

매쓰맨이 다급하게 말했다.

"제가 그 괴물을 막을 방법을 알고 있습니다."

브레멘 마을의 사람들이 외쳤다.

"정말입니까? 여기 우리를 도와주실 분이 나타났다!"

괴물은 공중으로 뛰어오르길 반복하며 마을을 파괴하고 있었다.

매쓰맨이 다급하게 말했다.

"여러분! 우리가 이러고 있을 때가 아닙니다. 제가 괴물을 죽일 수 있는 방법을 알고 있습니다."

그러자 브레멘 마을의 촌장이 말했다.

"당신이 이 괴물을 막아주신다면, 후사하겠습니다."

"저에게 작전이 있소. 괴물은 공중으로 뛰어올라 공격을 하고 있소. 이때 검은 괴물이 최고높이에 도달했을 때 괴물의 힘이 잠시 사라지는 것을 확인했소."

"그때 괴물은 단순한 살덩이일 뿐이군요!"

"그렇소. 그때 공격을 하면 괴물을 없앨 수 있소."

"그런데 괴물이 날아오르는 최고높이를 모르잖소?"

매쓰맨이 조용하지만 다급하게 말했다.

"최고높이는 모르지만, 최고높이를 구할 수 있는 식은 알고 있소. 검은 괴물의 시간에 따른 높이 관계식은 $h = -t^2 + 8t - 9(m)$이요. 이 이차방정식을 풀면 최고높이를 알 수가 있소."

"아니! 이것은 우리가 마지막에 실수로 틀린 문제군요!"

바를레우스 마을에서 도망친 사람이 혼잣말로 이야기를 했다.

"역시 그랬군"

그리고 이야기를 이었다.

"이 문제는 저 검은 괴물의 약점이기 때문에 저 문제를 풀 수 있는 자는 잡아 가는 것이오. 그런데 이 문제를 풀 수 있는 자가 이 마을에 없습니까?"

바를레우스 마을에서 마지막 문제를 풀지 못한 한 청년이 말했다.

"아니오. 풀 수 있었지만 시간이 부족하여 대답을 하지 못하였소. 이 문제는 이차방정식의 완전제곱식을 이용하면 풀 수 있는 문제요. 풀어 보면 이렇게 되지요."

$$h = -t^2 + 8t - 9(m)$$
$$= -(t^2 - 8t + 16 - 16) - 9$$
$$= -(t^2 - 8t + 16) + 16 - 9$$
$$= -(t - 4)^2 + 7$$

그 청년은 이 문제를 풀고 말했다.

"괴물은 초 후에 최고 높이 7m에 도달하는군요."

괴물이 마을을 계속 부수고 있다.

"이제 어떡해야 한다는 말이요?"

"어서 장검을 가지고 계신 분은 저에게 주시오"

"저 사람은! 브레멘 마을 최고 장사 헤라클레스가 아니요?"

"맞소. 내가 장검을 던져 거리로 날아가는 시간은 0.5초 정도요. 내가 괴물의 뒤에서 놈이 뛰어오를 때를 기다렸다가 최고 높이에 도달할 때를 노려 공격을 하겠소. 어서 나에게 장검을 주시오."

"여기 있소."

무기를 파는 한 남자가 헤라클레스에게 장검을 주었다.

"갑니다."

괴물이 다시 뛰어 오르고 있었다.

괴물이 대략 3초가 지났을 때쯤 헤라클레스는 장검을 던질 준비를 하였다.

"히 얍!"

"꾸에에에에엑"

"쾅~"

괴물은 땅에 떨어져 죽으며 이렇게 말했다.

"어떻게 나의 약점을 알 수가 있다는 말인가! 분하다!"

"만세! 만세! 괴물을 물리쳤다."

사람들은 모두 외쳤다.

"드디어 저 검은 괴물이 죽었다! 이제 우린 살 수 있어!"

바를레우스 마을의 촌장과 브레멘 마을의 촌장은 매쓰맨에게 고맙다는 인사를 하기 위해 찾았으나 그는 조용히 떠나고 없었다.

후기

　처음에 내가 '동풀수'에서 책을 쓴다고 할 때는 책을 쓴다는 것에 대해 두려움이 있었다. 평소 책을 읽는 것을 좋아하지 않는 나로서는 더욱 더 그랬다. 하지만 시간이 흘러가고 선생님, 친구들과 같이 서로 의논을 하고 주제, 내용을 정하면서 조금씩 책을 쓰게 되었다. 책을 쓰는 도중 포기하고 싶었던 적도 많았지만 내가 책을 출판하게 된다는 것을 뿌듯하게 여기면서 끝까지 책을 쓰는 것을 완료하게 되었다. 책을 쓰면서 작가를 더욱 더 존경하게 되었고 나는 평생 기억에 남는 일을 한 것 같다.
　- 오동훈

　처음엔 책을 쓴다고 했을 때 쉬울 것 같았다. 그런 막상 글을 쓰려고 하니 '소재를 구상하는 것이 참 어렵구나'란 생각을 했다. 글을 쓰는 것이 처음이기도 하였지만 더욱 수학에 관련된 책을 써야 한다는 생각이 들어 힘들었다. 그러다 선생님의 도움으로 소재를 구상하게 되고 막상 글을 쓰다 보니 내가 경험해 보지 못한 것들을 써보는 것이 재미도 있고 나름 신기했다. 책을 끝냈을 땐 너무 기뻤다. 이런 기회가 또 있다면 다음에는 더욱 잘 써보고 싶다.
　- 윤상호

　이 책을 처음 쓸 때는 책 쓰는 게 뭐가 어렵겠어 한 시간 안에 끝내고 돌아가야지… 했었는데 생각보다 매우 어려웠다. 처음에 내가 무슨 주제를 해야 할지 생각해야 했고 이 주제에 수많은 수학공식들을 어떤 식으로 넣어야 할지도 고민이었다. 선생님 도움, 친구 도움으로 탄생하게 된 '여주를 구하라'는 잡혀간 여주를 남주가 구해오는 그런 내용이다. 주인공에게 이름을 부여하는 게 부끄러워서 여주는 여자주인공에서 따오고 남주는 남자주인공에서 따왔다. 그렇게 탄생하게 된 주인공 이름이지만 스토리는 장담한다. 흥미진진하고 박력 있는 이 책을 쓰는 동안 참 즐거웠다. 물론 수정에 수정을 거듭했지만 신나는 과정이었다.
　- 오다운

책을 쓰면서 힘들었던 점이 많았다. 머리 속으로는 줄거리가 계속 떠올랐지만 막상 쓰려고 하니 생각이 잘 나지 않았다. 주인공들의 대화, 열심히 연습하는 학생들의 모습 등을 생생하고 재미있게 표현하기가 참 힘들었던 것 같다. 하지만 주인공들의 상황설정과 흥분되는 장면들을 상상하며 쓰고 또 쓰는 수정과정을 거치면서 나 또한 즐거웠고, 이렇게 책이 만들어지고 보니 너무 기쁘고 뿌듯하다.

  - 엄보경

솔직히 말해서 책을 쓴다는 것이 시작할 때 막막하고 생각만 해도 힘들 것 같았다. 그리고 쓸 때도 엄청 힘들었다. 중학생이 이런 것을 쓰려고 하니 조금 걱정되기도 하였다. 그러나 쓰기 전에 힘들 것 같았으나 직접 써보니 나름 재밌고 신선했다. 힘든 경험이기도 했으나 잊지 못할 추억이 될 것 같다. 정말 재미있었다.

  - 정영호

이렇게 힘들게 책 만들어 본 적은 처음이다. 왜냐하면 책의 양이 많아서이다. 이럴 때 나는 보통 열심히 해서 이 일을 끝마치는 스타일이고, 결과적으로는 그렇게 했다. 정말 힘들었으나 결국 얻은 건 많은 시간이었고, 내가 만든 이야기니 그 기쁨은 더욱 충만할 것이다.

  - 서민기

음… 막상 평상시 자유주제로 소설을 쓸 때는"아… 여기는 이렇게""이거 재밌다." 하며 가벼이 소설을 썼는데 키워드, 주제를 소설로 제한, 한정시키니까 어느 순간부턴가"이게 내 한계구나." 하며 수학 소설을 쓰면서 나는 역시 어느 한 가지 틀에 매여 적어나가는 것보단 자유롭게 써가는 것이 맞는 것 같고 제한된 기일이 생기자 초조하고 일이 손에 잡히지 않아 그 점이 살짝 힘들었던 것 같다.

  - 이오윤